KB024493

사람은 무엇으로 사는가

사람은 무엇으로 사는가

초판 1쇄 발행 2019년 12월 31일
초판 12쇄 발행 2024년 6월 14일

지은이 레프 니콜라예비치 톨스토이
옮긴이 하소연
펴낸이 남기성

펴낸곳 주식회사 자화상
인쇄,제작 데이타링크
출판사등록 신고번호 제 2016-000312호
주소 경기도 고양시 덕양구 꽃마을로 34, 1006호,1007호(향동동, DMC스타팰리스)
대표전화 (070) 7555-9653
이메일 sung0278@naver.com

ISBN 979-11-90298-33-9 00890

사람은 무엇으로 사는가

톨스토이 단편집

레프 니콜라예비치 톨스토이 지음

자화상

비로소 저는 인간 안에 있는 그것이
바로 사랑이라는 것을 깨달았습니다.

차례

사람은 무엇으로 사는가?

1

어떤 구두장이가 아내와 자식을 데리고 한 농가에 세 들어 살고 있었다. 그는 집도 땅도 가지고 있지 않았으며 구두를 만들고 고치는 일을 해서 그 품삯으로 살아가고 있었다. 그런데 빵값은 비싸고, 품삯은 그리 많지 않기 때문에 버는 돈은 모조리 먹는 데 써버릴 수밖에 없었다. 그리하여 구두장이와 아내는 둘이 공동으로 입는 양가죽 외투를 사야겠다고 벼르고 있었다.

가을이 되자 구두장이는 약간의 여유가 생겼다. 3루블짜리 지폐가 아내의 장롱 속에 있었고, 또 마을 농부에게 꿔

준 돈 5루블 20코페이카가 있었다. 그래서 구두장이는 아침부터 양가죽을 사려고 마을에 갈 채비를 했다. 그는 식사를 마치자 털가죽 외투 위에 솜을 두른 아내의 무명 재킷을 껴입고, 그 위에 긴 모직 외투를 걸쳤다. 그런 다음 3루블짜리 지폐를 호주머니에 넣고 나뭇가지 하나를 꺾어 지팡이로 삼아 떠났다.

마을에 도착한 구두장이는 어느 농부의 집에 찾아갔는데 주인이 없었다. 농부의 아내가 일주일 안으로 주인 편에 돈을 보내겠다고 약속했을 뿐 돈은 갚아주지 않았다. 구두장이는 또 다른 농부에게로 갔다. 그 농부는 돈이 한 푼도 없다고 딱 잘라서 말하고 장화를 고친 값 20코페이카를 줄 뿐이었다. 구두장이는 양가죽을 외상으로 사려고 했으나 가죽 장수는 외상을 주려고 하지 않았다.

"돈을 가지고 와요. 그러면 마음에 드는 걸로 줄 테니까. 외상값을 받는 게 얼마나 힘든 일인지 우리는 너무나 잘 알아요."

이렇게 구두장이는 겨우 구두를 고친 값 20코페이카를 받고, 어느 농부에게서 낡은 털장화에 가죽을 대어 꿰매는 일을 맡았을 뿐이었다. 그는 속이 상해서 20코페이카를 몽땅 털어 보드카를 마셔 버린 다음 집을 향해 걸었다. 아침에는 좀 추운 것 같았지만, 술을 마시고 나니 외투 따위가 없어도 몸이 따뜻했다.

구두장이는 계속하여 길을 걸었다. 한쪽 손으로는 지팡이로 울퉁불퉁 언 땅을 두드렸고, 다른 한쪽 손으로는 털 장화를 휘두르면서 혼잣말을 했다.

"젠장, 외투 같은 건 입지 않아도 따습기만 하군. 작은 걸로 한 잔 마셨는데 온몸의 피가 달음박질치는구먼. 모피 외투 따위는 필요 없을 정도야. 난 이런 사나이라구! 아무렴, 아무렇지도 않아. 난 모피 외투 따위 없어도 살 수 있어. 그런 건 한평생 필요 없어. 다만 마누라가 가만있지 않을 거란 말이야. 그게 개운치 않아. 나는 죽어라 일하는데 나를 굉장히 깔본단 말이야. 가만있자. 너희들이 이번에도 돈을 가지고 오지 않으면 모자를 잡아 벗기고 말 테다. 암, 내가 그렇게 하구말구. 정말 이건 도대체 어떻게 된 거야. 20코페이카씩 찔끔찔끔 주다니! 흥, 20코페이카로 대체 뭘 하란 말인가? 술이나 마실 수밖에 없잖아. 너희들은 곤란하다고 말들을 하지만 난 곤란하지 않은 줄 아나? 너희는 집도 있고 소도 있고 말도 있지만, 나는 이 몸뚱이 하나뿐이다. 너희들은 너희들이 만든 빵을 먹고 있지만, 나는 사서 먹는다구. 아무리 몸부림을 쳐봐도 일주일에 빵값만 3루블은 치러야 해. 집에 돌아가면 빵도 없을 테니 당장 1루블 반은 써야 하는데, 이런 형편이니 네놈들도 빨리 내 돈을 갚으란 말이다."

이윽고 구두장이는 길모퉁이의 교회 근처까지 왔다. 교회 뒤에 무엇인가 허연 것이 보였다. 구두장이는 유심히 살펴보았지만, 이미 땅거미가 지기 시작했기 때문에 무엇인지 알아볼 수가 없었다.

'여기에 돌 같은 건 없었는데, 소인가? 아니야, 짐승 같지는 않은데, 머리는 사람 같아 보이는데 너무 하얗군. 그리고 사람이라면 이런 곳에 있을 리가 없어.'

그는 좀 더 가까이 다가갔다. 물체가 똑똑히 보였다. 그런데 이게 웬일인가? 그것은 사람은 사람인데 살았는지 죽었는지 알몸으로 교회 벽에 기대앉은 채 꼼짝도 하지 않았다. 구두장이는 갑자기 무섭다는 생각이 들었다.

'어떤 자가 이 사나이를 죽이고 옷을 벗겨 여기 버린 모양이다. 너무 바싹 다가갔다가는 나중에 무슨 변을 당할지도 모르겠는걸.'

구두장이는 그냥 지나쳐 교회 모퉁이를 돌았고 사나이의 모습은 보이지 않게 되었다. 구두장이는 교회를 지나서 사나이가 있는 곳을 돌아보았다. 사나이는 벽에서 떨어져 움직이기 시작했다. 어쩐지 이쪽을 보고 있는 것 같았다. 구두장이는 더럭 겁이 났다.

'가까이 가볼까, 그냥 지나쳐 갈까? 혹시 갔다가 무슨 봉변이라도 당하면 큰일이지. 저놈이 어떤 놈인지도 모르잖아. 어차피 좋은 일을 하고 이런 데 왔을 리는 없고, 가까이 가면 갑자기 덤벼들어 내 목을 졸라 날 죽일지도 몰라. 그렇게 되면 꼼짝없이 죽는 거야. 설사 목 졸라 죽이지는 않더라도 시끄러운 일이 벌어질 게 뻔해. 저 벌거숭이 사나이를 어쩐다? 내가 입고 있는 옷을 홀랑 벗어서 줄 수도 없고. 아아, 그냥 지나쳐 가자. 제기랄!'

그렇게 생각하면서 구두장이는 걸음을 재촉했다. 하지만 교회 앞을 지나갈 때 즈음 양심이 고개를 쳐들었다. 구두장이는 길 한복판에서 걸음을 멈추고 혼잣말을 했다.

"세몬, 도대체 너는 지금 뭘 하는 거냐? 사람 하나가 봉변을 당해 죽어가고 있는데, 겁을 집어먹고 슬쩍 도망치려고 하는 거냐? 네가 무슨 부자라도 된단 말이냐? 가진 물건을 빼앗길까봐 겁이 나는가? 세몬. 그건 잘하는 일이 아니야."

그리하여 구두장이는 벌거벗은 사나이에게 되돌아갔다.

2

세몬은 그에게 다가가 자세히 살펴보았다. 아직 젊은 사나이여서 힘도 있을 듯하고 몸에 얻어맞은 흔적도 없었다. 그러나 몸이 꽁꽁 얼어붙어 말을 듣지 않는 모양이었다. 벽에 기대앉은 채 세몬 쪽을 보려고도 하지 않았다. 너무 지친 나머지 눈을 뜰 수도 없는 것 같았다. 세몬이 다가가자 사나이는 그제야 정신이 들었는지 고개를 돌리더니 눈을 뜨고 멍하니 세몬을 바라보았다. 세몬은 사나이의 그 시선이 마음에 들었다. 그래서 털장화를 땅바닥에 내동댕이치고 허리띠를 끌러 그것을 털장화 위에 놓은 다음 외투를 벗었다.

"이러고 있을 때가 아냐! 자 어서, 이걸 입어요. 자아!"

세몬이 두 팔로 사나이를 부축하여 일으키자 사나이는 겨우 일어났는데, 자세히 살펴보니 깨끗한 몸에 손도 발도 거칠지 않았고 귀여운 얼굴을 하고 있었다. 세몬은 그 어깨에 외투를 걸쳐주려 했으나 팔이 소매 속으로 잘 들어가지 않았다. 세몬은 두 팔을 끼워주고 옷자락을 잡아 당겨 앞을 여며 준 다음 허리띠를 매어주었다. 세몬은 헌 모자도 벗어 사나이에게 씌워주려고 하다가 '나는 민머리지만, 이 자는 고수머리가 더부룩하게 자라 있어.'라고 생각하며 모자를 도로 썼다.

'그보다는 장화를 신겨주는 것이 낫겠지.'

구두장이는 사나이를 앉히고 털장화를 신겼다.

"이제 됐다. 자아, 이번엔 좀 움직여서 언 몸을 녹여야지. 뒷일은 내가 걱정하지 않더라도 다 잘될 거야. 자네, 걸을 수 있나?"

사나이는 멀거니 서서 감격한 듯한 표정으로 세몬의 얼굴을 바라보았으나 말은 전혀 하지 않았다.

"왜 아무 말도 하지 않는 거야? 이런 데서 겨울을 날 셈인가? 집으로 돌아가야지. 자, 여기 내 지팡이가 있으니까 이걸 짚어요. 자, 자, 걸어요. 걸어!"

그러자 사나이는 걷기 시작했다. 그는 조금도 뒤처지지 않고 잘 걸었다. 두 사람이 얼마간 걸었을 때 세몬이 물었다.

"자네, 도대체 어디서 왔나?"

"저는 이 고장 사람이 아닙니다."

"이 고장 사람이라면 내가 다 알지. 그래, 왜 이런 데까지 오게 되었나? 교회 근처까지 말이야."

"그건 말씀드릴 수 없습니다."

"틀림없이 나쁜 놈들이 이런 짓을 했겠지?"

"아무도 나를 혼내지 않았습니다. 나는 신의 벌을 받았지요."

"물론 만사가 신의 뜻임에는 틀림없어. 그렇더라도 어디 좀 들어가 쉬어야 할 텐데. 자네 어디로 갈 건가?"

"어디든 마찬가지입니다."

세몬은 깜짝 놀랐다. 불한당 같지도 않고, 말씨도 공손한 데 신상에 대한 이야기를 하려 하지 않았기 때문이었다.

'그야 물론 세상에는 말 못할 일이 많기는 하지.'

세몬은 사나이에게 말했다.

"어때? 우리 집으로 가는 게? 거기 가면 불을 쬘 수 있어."

세몬은 집으로 향해 걸었다. 낯선 사나이는 한 발짝도 뒤떨어지지 않고 나란히 따라 걸었다. 찬바람이 세몬의 내의 속으로 파고 들어오자 술이 점점 깨면서 추위가 느껴졌다. 세몬은 코를 훌쩍거리며 몸에 걸친 아내의 재킷 앞섶을 여미고 걸으면서 생각했다.

'아니 이건 어떻게 된 일이람. 모피 외투를 장만하러 갔다가 외투는 빼앗기고, 벌거숭이 사나이까지 거느리게 되었으니, 이거 마트료나가 몹시 화를 내겠지…'

마트료나를 생각하자 세몬의 마음은 우울해졌다. 그러나 옆의 낯선 사나이를 쳐다보고, 교회 뒤에서 자신을 바라보던 사나이의 시선을 떠올리자 금세 마음이 유쾌해졌다.

3

세묜의 아내는 일찌감치 일을 마쳤다. 장작을 패고 물을 긷고 아이들과 함께 저녁 식사를 끝마치고 생각에 잠겼다.

'빵을 굽는 일을 오늘 할까, 내일로 미룰까?'

아직 큰 빵 조각이 남아 있기 때문이었다.

'남편이 거기서 식사를 하고 오면 저녁 식사는 그다지 많이 하지 않겠지. 그렇게 되면 내일 빵은 이것으로 충분하다.'

마트료나는 빵 조각을 만지작거리며 생각했다.

'오늘은 빵을 굽지 말아야겠다. 밀가루도 얼마 남지 않았으니, 이걸 금요일까지 먹도록 하자.'

마트료나는 빵을 치우고 테이블 옆에 앉아 남편의 외투를 기우기 시작했다. 바느질을 하면서 마트료나는 남편이 어떤 양가죽을 사 올까 줄곧 생각했다.

'모피 장수에게 속진 않았겠지? 그래도 사람이 워낙 좋으니 알 수 없어. 8루블이라면 큰 돈이니까 좋은 모피 외투를 만들 수 있겠지. 작년 겨울에는 모피 외투가 없어서 얼마나 고생을 했던지! 강가에 갈 수가 있었나, 산에 갈 수가 있었나, 지금도 그렇지. 그이가 옷이란 옷은 모두 걸치고 나갔으니 난 하나도 걸칠 것이 없어. 이제 올 때도 됐는데… 아니, 이 양반이 또 술타령을 하고 있는 건 아닐까?'

마트료나가 그렇게 생각한 순간 계단이 삐그덕거리면서 누가 들어오는 소리가 났다. 마트료나가 바늘을 바늘겨레에 꽂아 놓고 입구 쪽으로 가서 보니 사나이 둘이 들어오는 것이 아닌가. 세몬 옆에 낯선 사나이가 맨발에 털장화를 신고, 모자도 없이 서 있었다. 마트료나는 당장에 남편이 술을 마셨다는 것을 알았다.

'그러면 그렇지.'

남편은 외투도 입지 않은 속옷 바람이었고, 게다가 손에

는 아무것도 들지 않은 채 말없이 서 있었다. 마트료나는
화가 치밀어 올랐다.

'가죽을 살 돈으로 몽땅 마셔 버린 거야. 알지도 못하는
건달하고 퍼마시고 한술 더 떠서 그 작자까지 끌고 왔구먼.'

마트료나는 두 사람을 앞세우고 뒤따라 들어가다 생판
모르는 젊고 빼빼 마른 사나이가 입고 있는 외투가 바로 자
기 것임을 알았다. 집 안으로 들어온 젊은 사나이는 그 자
리에 선 채 움직이지 않고 고개를 들지도 않았다. 그래서
마트료나는 필경 무슨 잘못을 저질러 겁을 내고 있는 것이
라고 생각했다. 마트료나는 얼굴을 찡그린 채 페치카 옆으
로 떨어져서 두 사람의 거동을 살폈다. 세몬은 모자를 벗고
태연하게 의자에 앉았다.

"여보, 마트료나. 식사 준비를 해야지."

마트료나는 입속말로 무엇이라고 중얼거릴 뿐 페치카
옆에서 움직이려고도 하지 않았다. 두 사람을 번갈아 쳐다
보며 고개를 갸웃거릴 뿐이었다. 세몬은 아내가 화난 것을
눈치채고 할 수 없다는 듯이 낯선 사나이의 손을 잡았다.

"자, 앉아요. 저녁을 먹어야지."

낯선 사나이는 의자에 앉았다.

"그래. 아무것도 마련하지 않았어?"

마트료나가 화가 나서 대답했다.

"왜 안 해요? 하긴 했지만 당신을 위해서가 아니에요. 보아하니 당신은 염치마저 홀랑 마셔 버린 모양이군요. 모피외투를 마련하러 간다더니 모피 외투는커녕 외투까지 뺏긴데다 건달까지 데리고 오다니. 당신네 주정뱅이들에게 줄저녁은 없어요."

"마트료나, 까닭도 모르면서 함부로 말하면 안 돼요. 먼저 어떻게 된 일인지 물어봐야지."

"그런 건 어쨌든 좋아요. 그래, 돈은 어디 있어요? 말해봐요."

세몬은 외투 호주머니를 더듬어 돈을 꺼냈다.

"여기 돈이 있잖아. 도리포노프가 주지 않더군. 내일은 꼭 주겠다고 약속했어."

마트료나는 더욱더 화가 치밀었다.

"모피도 사지 않고, 단 하나밖에 없는 외투를 낯선 벌거숭이에게 입혀 집으로 끌고 오다니."

마트료나는 테이블 위에 놓인 돈을 집어들면서 말했다.

"저녁은 없어요. 벌거숭이와 주정뱅이에게까지 신경을 쓰다간…"

"여보, 마트료나. 말을 좀 삼가해요. 내 말을 좀 들어보라니까…"

"당신 같은 주정뱅이에게서 무슨 말을 들어야 한다는 거예요. 난 처음부터 당신 같은 술꾼과 결혼하고 싶지 않았어요. 그런데 그만… 어머니가 주신 옷감도 당신이 술값으로 없앴죠. 모피 사러 간다더니 그것도 다 마시고 오다니."

세몬은 아내에게 자기가 마신 술값 20코페이카뿐이라는 것을 납득이 가도록 이야기하고 사나이를 데리고 온 데 대해서도 밝히려 했으나 그녀는 이런 말도 들으려 하지 않았다. 어디서 쏟아져 나오는지 한 번에 두 마디씩 내뱉으니 세몬이 끼어들 새가 없었다. 십 년도 더 지난 옛날 일까지 들춰내는 판이었다. 마트료나는 마구 욕설을 퍼부으면서 세몬에게 달려들어 그의 옷소매를 붙잡고 사정없이 흔들어댔다.

"내 옷을 내놓아요. 하나밖에 없는 내 옷을 빼앗아 입고 염치도 좋지. 빨리 이리 벗어 놔요. 못난 인간 같으니! 차라리 죽어버리는 게 낫지!"

세몬이 아내의 무명 재킷을 벗으려고 하는데 한쪽 소매가 뒤집어졌다. 그때 마트료나가 그것을 잡아당겨 홈질한 옷의 솔기가 부드득 뜯겨져 나갔다. 마트료나는 재킷을 빼앗아 입고 문 쪽으로 달려갔다. 그리고 나가버리려고 하다가 문득 걸음을 멈췄다. 속상하긴 하지만, 이 사나이가 누군지 알고 싶어진 것이다.

4

마트료나는 발길을 멈추고 말했다.

"온전한 사람이라면 이렇게 벌거숭이로 있을 리가 없어요. 이 사람은 셔츠도 입고 있지 않잖아요. 당신이 나쁜 짓을 하지 않았다면 어디서 이 사람을 데리고 왔는지 왜 말 못하는 거예요?"

"내가 말하지 않았소? 내가 집으로 돌아오는데 이 사람이 교회 담 밑에 몸을 웅크린 채 앉아 있었단 말이오. 글쎄, 여름도 다 갔는데 벌거숭이가 아니겠소! 마침 하늘이 도와서 내가 그리로 지나오게 됐으니 망정이지, 그렇지 않았더라면 벌써 얼어 죽고 말았을 거요. 살아가다 보면 언제 무슨 일을 당할지 누가 알겠소! 그래서 외투를 입혀 데리고 왔지. 마트료나, 당신도 그만하고 마음을 가라앉혀요. 누구든 한 번은 죽는 법이니까."

마트료나는 다시 욕설을 퍼부으려고 하다가 문득 낯선 사나이를 쳐다보자 말문이 막혔다. 사나이는 죽은 듯이 의자 끝에 걸터앉은 채 꼼짝도 하지 않았다. 두 손을 무릎 위에 올려놓고, 고개를 떨어뜨린 채 눈을 뜨는 일도 없이 무엇인가가 목을 조르기라도 하는 것처럼 얼굴을 일그러뜨리고 있었다. 마트료나가 입을 다물고 있자 세몬은 이렇게 말했다.

"마트료나, 당신에게는 하느님도 없소?"

이 말을 듣고 마트료나는 다시 한 번 낯선 사나이를 쳐다보았다. 차츰 마트료나의 기분이 가라앉았다. 그녀는 문 앞에서 발길을 돌려 난로 한쪽 구석으로 가서 저녁 준비를 하기 시작했다. 컵을 탁자 위에 놓고 크바스(귀리와 엿기름으로 만든 맥주의 일종)를 따르고, 남은 빵을 잘라 내놓았다. 그리고 나이프와 스푼을 놓으면서 말했다.

"식사들 하세요."

세몬은 사나이를 식탁 앞으로 데리고 갔다.

"앉아요. 젊은이."

세몬은 큰 빵 조각을 잘게 썬 다음 먹기 시작했다. 마트료나는 탁자 한쪽에서 턱을 괴고 사나이를 가만히 바라보았다. 그러자 갑자기 이 청년이 가엾어 보이면서 돌봐 주고 싶은 생각이 들었다. 그때 사나이는 기쁜 표정이 되더니 찡그렸던 눈썹을 폈다. 마트료나는 테이블을 치우고 낯선 사나이에게 물었다.

"도대체 당신은 어디 사는 사람이죠?"

"저는 이 고장 사람이 아닙니다."

"그런데 왜 그곳에 있었죠?"

"그건 말할 수 없습니다."

"강도라도 만났나요?:"

"저는 하느님의 벌을 받았습니다."

"그래서 벌거벗은 채로 웅크리고 있었어요?"

"네, 그래서 알몸뚱이로 자다가 얼어 죽을 뻔했던 겁니다. 그래서 그것을 세몬이 보고 가엾게 생각하여 입고 있던 외투를 벗어 내게 입히고, 집으로 같이 가자고 했던 거죠. 또 여기 오니까 아주머니가 저를 불쌍히 여기고 먹고 마시게 해주셨습니다. 당신들께서는 신의 은총을 받으실 겁니다."

마트료나는 금방 기워 놓았던 세몬의 낡은 셔츠를 창가에서 가져다가 낯선 사나이에게 건네주었다. 그리고 속바지도 찾아내서 주었다.

"셔츠도 없다니, 자, 이걸 입고 어디든 마음에 드는 자리에 누워 자요. 침대 위나 페치카 옆에서."

낯선 사나이는 외투를 벗고 셔츠를 입은 다음 침대 위에 몸을 뉘었다. 마트료나는 등불을 들고 외투를 집어 남편 옆으로 갔다. 외투 자락을 덮고 눕기는 했으나 계속해서 낯선 사나이의 일이 머릿속에서 떠나지 않았다. 그 사나이가 조금 남았던 빵을 다 먹어버려 내일 먹을 빵이 없다는 것과 셔츠와 속바지를 전부 준 일을 생각하니 아쉬운 생각도 들었지만, 젊은이가 싱긋 웃었던 일을 생각하니 마음이 밝아지는 것 같았다. 오래도록 마트료나는 잠을 이루지 못했다. 세몬 역시 잠을 이루지 못하고 연신 외투 자락을 잡아당기

곤 했다.

그때 마트료나가 말했다.

"남은 빵을 다 먹어버린 데다 반죽도 해 두지 않았으니 내일은 어떻게 한담. 세몬! 이웃 마라냐네 가서 좀 꿔 달랠까요?"

"그래요. 산 입에 거미줄이야 치려구."

마트로냐는 한참 동안 가만히 누워 있었다.

"그런데 저 사람 나쁜 사람 같지는 않은데, 왜 신상 이야기를 하지 않을까요?"

"아마 말 못할 사정이 있겠지."

"세몬!"

"응?"

"우리는 남을 도와주는데, 왜 아무도 우리를 도와주지 않는지 몰라."

"글쎄, 아무렴 어때."

세몬은 뭐라고 대답해야 좋을지 몰라 휙 돌아누워 그대로 잠들고 말았다.

5

다음 날 아침, 세몬은 일찍 잠에서 깨었다. 마트료냐는
아이들이 일어나기 전에 이웃집에 빵을 꾸러 가고 없었다.
어제의 그 낯선 사나이는 낡은 셔츠와 바지를 입은 채 의자
에 앉아 말없이 천장만 바라보고 있었다. 그 얼굴은 어제보
다 밝았다.

"어때 젊은이, 뱃속에서는 빵을 요구하고 알몸뚱이는 옷
을 원하니 뭔가 벌이를 해야 되지 않겠나? 자네는 무슨 일
을 할 줄 아나?"

"저는 아무것도 할 줄 모릅니다."

세몬은 깜짝 놀라 이렇게 말했다.

"하려는 마음만 있으면 되는 거야. 사람은 뭐든지 배워서 하면 돼."

"그러지요. 저도 일을 해야지요."

"자네 이름을 말해주게."

"미하일이라고 합니다."

"이봐, 미하일. 자네는 신상 이야기를 하고 싶지 않은 모양인데 그건 아무래도 좋아. 굳이 듣고 싶지도 않으니까. 하지만 밥벌이는 해야 해. 내가 시키는 대로 일을 하면 우리 집에 머물러도 좋네."

"고맙습니다. 열심히 배우겠습니다. 뭐든지 가르쳐주십시오."

세몬은 실을 집어 손가락에 감고서 꼬기 시작했다.

"그다지 어려운 건 아냐. 자, 보라구⋯."

미하일은 그것을 들여다보더니 금방 배워 그와 마찬가지로 손가락에 실을 감아 꼬았다. 다음에는 실을 꿰는 법을 가르쳤는데 미하일은 그 일도 여간 잘하지 않았다. 세몬이 돼지털을 바늘에 꿰어 꿰매는 일을 해 보이자 그것도 미하일은 금방 배웠다.

　미하일은 세몬이 어떤 일을 가르쳐도 금방 배웠다. 사흘 후에는 일을 시작하게 되었는데, 마치 이제까지 구두를 꿰매 온 것 같은 솜씨였다. 미하일은 허리를 펼 사이도 없이 부지런히 일만 하고 식사는 조금밖에 하지 않았다. 한가할 때는 잠자코 천장만 쳐다보았다. 밖으로 나가지도 않았고, 미하일이 유일하게 미소를 띠었던 것은 처음 왔던 날 마트료나가 저녁 준비를 하던 첫 대면의 순간뿐이었다.

6

그런 가운데 1년이 지났다. 미하일은 여전히 세몬의 집에 살면서 일했는데, 미하일만큼 멋있고 튼튼한 구두를 만드는 사람이 없다는 소문이 퍼지자 이웃 마을에서까지 주문이 밀려들어 세몬의 수입은 점차 늘어났다.

어느 겨울날의 일이었다. 세몬이 미하일과 마주앉아 일을 하고 있는데, 방울을 잔뜩 단 마차 소리가 요란하게 들렸다. 창문으로 내다보니 그 마차는 바로 가게 앞에 섰다. 그리고 젊은 사람이 마부석에서 뛰어내려 마차 문을 열어주자 마차 안에서 모피 외투를 입은 신사가 나왔다. 그는 세몬의 집으로 올라왔다. 마트료나는 뛰어나가 문을 활짝 열었다. 몸을 굽히고 안으로 들어온 신사가 허리를 쭉 폈는데 머리는 거의 천장에 닿을 지경이었고, 온 방 안은 신사의 몸으로 꽉 들어차다시피 했다.

세몬은 일어서서 인사했는데, 신사의 큰 몸집을 보고 벌린 입을 다물지 못했다. 지금까지 이렇게 큰 사람은 본 일이 없었기 때문이다. 세몬도 살집이 없는 편이고, 미하일도 깡마른 편이며 마트료냐도 마치 마른 잎사귀처럼 살이 없는데 이 신사는 다른 나라에서 왔는지 얼굴은 불그스름하니 윤이 나고, 목은 황소처럼 굵어서 마치 몸뚱이 전체가 무쇠로 만들어진 것 같았다. 신사는 숨을 크게 내쉬더니 모피 외투를 벗은 후 의자에 앉아 말했다.

"이 구두 가게 주인은 누군가?"

세몬이 나서며 말했다.

"제가 주인인뎁쇼. 나리."

그러자 신사는 자기가 데리고 온 젊은이에게 큰 소리로 명령했다.

"페치카, 그걸 이리 가져와!"

젊은이가 달려가더니 무슨 꾸러미를 가지고 왔다. 신사는 그것을 받아 테이블 위에 놓더니 "끌러라." 하고 명령했다.

"이보게, 주인장, 이 가죽이 무슨 가죽인지 알고 있나?"

세몬은 가죽을 만져 보고 나서 대답했다.

"글쎄요. 꽤 좋은 가죽이군요."

"그야 물론 틀림없이 좋은 가죽이지, 바보 같으니라고. 자네는 이제까지 이런 가죽은 구경조차 못했을 거야. 독일 산이거든. 20루블이나 줬다구."

세몬은 겁먹은 듯 말했다.

"저 같은 사람이 어찌 구경이나 했겠습니까?"

"이 가죽으로 내 발에 꼭 맞는 가죽 장화를 만들어 줄 수 있겠소?

"네, 만들 수 있습니다요."

신사는 갑자기 큰 소리로 말했다.

"만들 수 있다고? 누구의 장화를 만드는지, 어떤 가죽으로 만드는지 똑똑히 기억해 두라구. 나는 1년을 신어도 찢어지지 않고 모양이 변하지 않는 장화를 원해. 그러니 자신이 있으면 일에 착수하여 가죽을 재단해. 하지만 안 될 것 같으면 손도 대지 마. 미리 말해 두겠는데, 만약 장화가 1년도 채 되지 않아 찢어지거나 모양이 변한다면 네놈을 감옥에 넣어버릴 테다."

세몬은 덜컥 겁이 나서 대답도 못하고 미하일 쪽을 돌아보았다. 그러고는 팔꿈치로 미하일을 쿡 찌르면서 작은 소리로 물었다.

"이봐, 어떻게 하지?"

미하일은 '그 일거리를 받으십시오.' 하고 말하는 듯이 고개를 슬쩍 끄덕였다. 세몬은 미하일의 고갯짓을 보고, 1년 동안 찢어지지도 모양이 변하지도 않을 장화를 주문받았다. 신사는 젊은이를 불러 왼쪽 구두를 벗기게 하고 다리를 쭉 폈다.

"치수를 재라!"

세몬은 10베르쉬오크(1베르쉬오크는 약 4~5센티미터) 종이를 꿰매 붙여 자리에 펴고, 무릎을 꿇고서 신사의 양말을 더럽힐세라 앞치마에 손을 잘 닦은 다음 치수를 재기 시작했다. 바닥을 재고 발등 높이를 재고 종아리를 잴 차례가 되었는데 종이끈이 마주 닿지 않았다. 신사의 종아리가 통나무만큼이나 굵었던 것이다.

'정신 차려서 해. 종아리가 꽉 끼게 해서는 안 된다.'

세몬은 다른 종이를 덧붙였다. 신사는 의젓하게 앉아 양말 속의 발가락을 꼼질꼼질 놀리면서 방 안 사람들을 둘러보다가 미하일을 보고 물었다.

"저 젊은이는 누구요?"

"이 가게의 직공인데 그가 장화를 만들 겁니다."

"똑똑히 알아둬라. 1년간은 끄떡도 않게 꿰매야 한다."

신사가 미하일에게 말했다. 세몬도 미하일을 돌아다보았다. 그런데 미하일은 신사의 얼굴은 보지 않고 그 뒤의 구석을 응시하고 있었다. 마치 누군가 있어 그가 누구인지 알아내려고 하는 듯한 표정이었다. 물끄러미 응시하고 미하일은 갑자기 싱긋 웃더니 얼굴이 밝아졌다.

"넌 뭘 그렇게 싱글거리고 있는 거냐? 바보처럼, 정신 차려서 기한 내에 만들어낼 생각이나 하지 않고."

"네, 그렇게 하겠습니다."

"좋아, 좋아."

신사는 구두를 신고 모피 외투를 입자 문간 쪽으로 걸음을 옮겼다. 그런데 허리 굽히는 것을 잊어 그만 문에 이마를 세게 부딪쳤다. 신사는 욕설을 퍼붓더니 이마를 문지르며 마차를 타고 가버렸다.

신사가 사라지자 세몬이 말했다.

"정말 대단한 나리야. 그 어른은 큰 도끼로도 죽이지 못할걸. 방이 흔들리도록 이마를 부딪쳤는데 별로 아프지도 않은 모양인가 봐."

그러자 마트료나가 대꾸했다.

"저렇게 부유한 생활을 하는데 체격들이 왜 좋지 않겠어요? 저렇게 튼튼한 사람에게는 염라대왕도 감히 접근하지 못할걸요."

7

세몬이 미하일에게 말했다.

"일을 맡기는 했지만 큰 걱정이다. 만일 주문대로 만들지
못하면 꼼짝없이 교도소에 가는 거야. 가죽은 비싸고 손님
은 성질이 괴팍하니 실수하면 큰일이야. 여보게, 미하일, 자
네는 눈도 밝고 솜씨도 좋으니까 이 치수대로 재단을 하게.
나는 겉가죽을 꿰맬 테니까."

미하일은 시키는 대로 가죽을 탁자 위에 펼쳐놓은 다음
칼을 들어 재단하기 시작했다. 마트료나는 미하일 옆으로
다가가 재단하는 것을 보고 깜짝 놀랐다. 마트료나도 이제

구두 만드는 일에는 익숙한 터인데 가만히 보니 미하일은 장화 모양과는 전혀 다르게 가죽을 둥글게 자르는 것이 아닌가? 마트료나는 주의를 줄까 하다가 생각했다.

'내가 신사의 장화를 어떻게 만들어야 한다는 말을 잘못 들은 건지도 몰라. 미하일이 더 잘 알고 있을 테니 참견하지 말아야지.'

미하일은 가죽 재단을 끝내고 실을 바늘에 꿰어 꿰매기 시작했는데 그것은 장화를 꿰매는 두 겹 실이 아니라 슬리퍼를 꿰매는 한 겹 실이 아닌가. 그것을 보고 마트료나는 또 크게 놀랐으나 역시 참견하지 않았다. 미하일은 열심히 꿰매고 있었다. 점심때가 되어 세몬이 일어나 보니, 미하일이 신사의 가죽으로 슬리퍼를 만들어놓은 것이 보였다. 세몬은 "앗!" 하고 크게 소리를 질렀다.

'미하일은 1년이나 우리와 함께 지냈지만 한 번도 실수한 적이 없는데 하필이면 지금 이런 잘못을 저지르다니. 손님은 장화를 주문했는데 이 사람은 평평한 슬리퍼를 만들어버렸으니 가죽을 영 버리고 말았구나. 손님에게 뭐라고 변명을 해야 한단 말인가? 이런 가죽은 구할 수도 없는데….'

그래서 미하일에게 물었다.

"아니 여보게, 이게 도대체 무슨 짓인가? 자네는 나를 죽이려는 거나 마찬가지야. 손님은 장화를 주문했는데, 자넨 도대체 뭘 만든 건가?"

세몬이 미하일에게 말을 거는데 바깥문의 고리쇠가 덜컹거리는 소리가 났다. 창문으로 내다보니 누군가 타고 온 말을 비끄러매고 있는 참이었다. 그 손님의 하인이었다.

"안녕하십니까?"

"예, 어서 오십시오. 또 무슨 일로?"

"실은 조금 전에 주문했던 구두 때문에 마님의 심부름을 왔습니다."

"구두 때문에?"

"구둔지 뭔지, 하여간 장화는 이제 필요 없게 되었어요. 나리는 돌아가셨으니까요."

"아니, 뭐라고요?"

"여기서 저택으로 돌아가시는 중에 마차 안에서 돌아가셨습니다. 마차가 저택에 닿아 내리는 걸 도와 드리려고 보니까 나리가 짐짝처럼 뒹굴고 있지 않겠습니까? 돌아가신 거예요. 간신히 마차에서 끌어내렸죠. 마님께서는 저에게 '넌 구둣방에 가서 이렇게 전해라. 아까 나리가 주문하신 장화는 이제 필요 없게 되었으니 그 가죽으로 죽은 사람에게 신기는 슬리퍼를 지어 달라고 말이야. 그리고 다 만들기를 기다렸다가 가지고 와야겠다.'라고 말씀하셨습니다. 그래서 제가 왔지요."

미하일은 테이블 위에서 마름질하고 남은 가죽을 접어 둘둘 뭉치고, 다 된 슬리퍼를 꺼내어 탁탁 소리를 내서 털고는 앞치마로 곱게 닦아 하인에게 내밀었다. 젊은이는 슬리퍼를 받자 인사했다.

"안녕히 계십시오. 여러분! 그럼 전 갑니다."

8

.

다시 1년이 지나고 2년이 지나 미하일이 세몬의 집에 온 지도 어느덧 6년이 되었다. 그래도 여전히 밖에 나가는 일도 없고 쓸데없는 말은 한마디도 하지 않았다. 그동안 그가 싱긋 웃은 것은 마트료나가 저녁 식사 준비를 했을 때와 구두를 맞추러 온 신사를 보았을 때 단 두 번뿐이었다. 세몬은 자기 제자가 대견해서 견딜 수가 없었다. 이제는 어디서 왔는지 묻지도 않고, 다만 미하일이 나가면 어쩌나 그것만을 걱정하게 되었다.

어느 날 온 식구들이 집 안에 모여 있었다. 마트료나는 냄비를 화덕에 올려놓고 있었고, 아이들은 의자 사이를 뛰어다니며 창밖을 내다보고 있었다. 세묜은 창가에서 구두를 꿰매고 있었고, 미하일 역시 다른 창가에서 구두 뒤꿈치를 붙이고 있었다. 그때 사내아이 하나가 의자를 넘어 미하일 곁으로 다가오더니 어깨를 흔들면서 창밖을 내다보며 말했다.

"아저씨, 저것 좀 보세요. 모르는 아주머니가 두 여자아이를 데리고 우리 집으로 오는 것 같은데, 한 아이는 절름발이인데?"

그 말에 미하일은 일을 멈추고 고개를 돌려 창밖을 내다보았다. 세묜은 미하일의 태도에 놀랐다. 이제까지 미하일이 밖을 보거나 태만한 일이라고는 거의 없었는데 지금은 창에 얼굴을 붙이고 무엇인가에 눈길을 쏟고 있었기 때문이다. 그래서 세묜도 일을 멈추고 창밖을 내다보니 정말 깨끗한 옷차림을 한 부인이 자기 집 쪽을 향해 오고 있었다. 부인은 모피 외투를 입고 긴 목도리를 두른 두 여자아이의 손을 잡고 있었다. 여자아이들은 서로 얼굴이 닮아 누가 누군지 모를 지경이었다. 다만 한 아이는 다리를 가볍게 절룩

이며 걷고 있었다.

부인은 계단을 올라와 문을 열더니 먼저 두 여자아이를 안으로 들여보낸 다음 자기도 안으로 들어왔다.

"안녕하세요!"

"어서 오십시오. 무슨 일로 오셨죠?"

부인은 탁자 옆에 앉았다. 두 여자아이는 그 부인의 무릎에 안기듯이 기댔는데 낯설어하는 눈치였다.

"이 아이들이 봄에 신을 구두를 맞추려고 왔습니다."

"아, 그래요? 우리는 그렇게 작은 구두를 만들어본 적이 없지만 할 수 있습니다. 가장자리에 장식이 달린 걸로 할까요? 안에 천을 대어 접는 걸로 할까요? 우리 미하일은 솜씨가 좋으니 말씀만 하세요."

그렇게 말하며 세몬이 미하일을 돌아보니 미하일은 일손을 멈추고 여자아이의 얼굴을 바라보고 있었다.

세몬은 그런 그의 모습을 보고 깜짝 놀랐다. 하긴 두 아이가 모두 귀여운 얼굴들이었다. 새까만 눈동자에 두 뺨 포동포동하고 불그스레했으며, 가죽 외투를 입고 목에 두른 목도리도 질이 좋은 것이기는 했다. 그렇더라도 무슨 이유로 미하일이 그렇게 열심히 바라보고 있는지 의심스러웠다. 마치 두 여자아이를 알고 있기라도 한 듯했다.

세몬은 의아스럽게 여기면서도 부인 쪽으로 돌아앉아 값을 흥정했다. 가격을 정하고 치수를 잴 차례가 되었다. 여자는 다리가 불편한 여자애를 안아 올려 무릎에 앉혔다.

"어렵겠지만 이 아이로 두 아이의 치수를 재 주세요. 불편한 발을 먼저 재서 한 짝을 만들고, 다른 발은 치수를 똑같이 해서 세 짝을 지어주세요. 두 아이는 쌍둥이기 때문에 발 치수가 같거든요."

세몬은 발 치수를 재고 다리가 불편한 아이 쪽을 가리키며 물었다.

"이 귀여운 아이는 어쩌다가 이렇게 됐습니까? 날 때부터 그런가요?"

부인이 대답했다.

"아니에요. 그 애 엄마가 그랬어요."

그때 마트료냐가 말참견을 하고 나섰다. 어디에 사는 누구의 아이인지 알고 싶어 이렇게 물은 것이다.

"그럼 부인께선, 이 아이들의 친엄마가 아니신가요?"

"나는 엄마도 아니고 친척도 아니지요. 아무 상관도 없는 남인데 그냥 맡아서 기르는 거예요."

"자기가 낳은 아이가 아니더라도 키우면 자연 정이 들기 마련 아닌가요?"

"그야 물론 정이 들기 마련이지요. 나는 두 아이를 다 내 젖으로 키웠어요. 내 아이도 있었지만 하느님께서 데려가셨어요. 그 아이는 그다지 불쌍한 마음이 들지 않았는데, 이 애들은 정말 애처로워서…."

"그런데 도대체 누구의 애들인가요?"

9

여인은 다음과 같은 이야기를 했다.

"벌써 6년 전의 일입니다. 이 아이들은 태어난 지 일주일
도 못되어 고아가 되어버렸습니다. 아버지는 두 아이가 태
어나기 사흘 전에 죽고, 어머니는 아기를 낳고 하루도 못 살
았으니까요. 전 그 당시 제 남편과 농사를 지으며 살았는데,
이 아이들의 부모와는 서로 가족처럼 지냈어요. 이 아이들
의 아버지는 숲속에 들어가 혼자서 일을 하는데 하루는 큰
나무가 쓰러지면서 허리를 덮치는 바람에 쓰러져 정신을 잃
었지요. 간신히 집에까지 옮겼지만 곧 저세상 사람이 되고

말았지요. 그러나 그의 아내는 며칠 후에 쌍둥이를 낳았는데 이 아이들이 바로 그들이에요. 이 아이들의 어머니는 몹시 가난한 데다 돌봐 주는 친척도 없고, 일을 봐줄 만한 늙은이나 아주머니 하나 없이 그야말로 외톨이여서 혼자 해산을 하고 죽어간 거예요. 내가 다음 날 어찌되었나 하고 그 집을 찾아가보았더니 가엾게도 벌써 몸이 식어 있었어요. 그런데 숨이 넘어가는 순간 고통에 몸부림치다가 한 아이를 덮쳐서 한쪽 다리를 절름거리게 만들었지요. 마을 사람들이 모여 시체를 씻기고 수의를 입히고 관을 짜고 해서 장례식을 마쳤지요. 모두들 친절한 사람들이거든요. 그런데 갓 태어난 아이들 일이 난처한 문제였지요. 그곳에 모인 여자들 중에 젖을 먹일 엄마는 나뿐이었는데 나는 태어난 지 8주밖에 안 된 첫아들이 있었답니다. 마을 사람들이 모여 이 아이들을 어떻게 하면 좋겠느냐고 여러 가지로 의논했으나 좋은 방법이 없어 결국 나에게 부탁을 하더군요.

'마리아 아주머니, 이 아이들을 얼마 동안만 맡아주지 않겠어요? 그러면 우리가 곧 다른 방법을 찾을 테니까요.'

나는 두 아이들을 맡기로 하고 데려왔으나 온전한 아기

에게만 젖을 먹였답니다. 다리가 불편한 아이에게는 아예 젖을 먹일 생각을 하지 않았지요. 왜냐하면 다리가 불편한 상태에서는 제대로 자랄 수 없다고 생각했기 때문이었지요. 그러다가 갑자기 불쌍한 생각이 들어 둘 다 젖을 먹이게 되었어요. 그래서 나는 내 아이와 두 여자아이, 말하자면 세 아이에게 동시에 젖을 먹였던 것입니다. 그나마 다행히도 내가 젊어 기운이 좋았기 때문에 그럴 수가 있었죠.

두 아이에게 젖을 물리고 있으면 다음 애가 기다리고 있어서 하나가 젖꼭지를 놓는 대로 기다리는 애에게 젖을 주고 그랬었지요. 그런데 하느님의 뜻으로 이 두 아이는 잘 키웠지만, 내가 낳은 애는 2년이 되던 해에 죽어버리고 그 뒤로 나는 아이를 낳지 못했죠.

시간이 흐르면서 살림 형편은 차츰 나아졌고 남편은 지금 이 마을에서 어떤 상인의 방앗간 일을 맡아보고 있답니다. 급료도 넉넉해서 유복한 살림을 하고 있습니다만 좀처럼 아이가 생기지 않는군요. 그러니 이 두 아이들을 귀여워하는 것은 당연하지요. 이 두 아이들은 내게 있어서 촛불과도 같은 존재랍니다."

부인이 한쪽 손으로 절름발이 여자애를 끌어당기며 다른 한쪽 손으로 뺨에 흐르는 눈물을 닦았다. 마트료나도 길게 한숨을 내쉬며 말했다.

"부모 없이는 살아갈 수 있지만, 하느님 없이는 살아가지 못한다고 흔히들 말하는데 정말 그런 것 같군요."

세 사람은 이런 말들을 주거니 받거니 하고 있었는데, 갑자기 미하일이 앉아 있는 쪽 구석에서 섬광이 비쳐와 온 방 안이 환하게 밝아졌다. 모두가 놀라 그쪽을 돌아다보니 미하일은 두 손을 무릎 위에 얹고 천장을 바라보면서 빙긋이 웃고 있었다.

10

여인이 두 여자아이를 데리고 돌아가자 미하일은 의자
에서 일어나 일감을 테이블 위에 올려놓고 앞치마를 벗으
며 세몬과 마트료나에게 공손히 인사를 하면서 말했다.

"이제 작별을 해야겠습니다. 하느님께서 저를 용서해주
셨으니 두 분께서도 저를 용서해주십시오."

두 부부가 무슨 말인지 몰라 의아하게 여기며 미하일을
바라보고 있는데, 그에게서 눈부신 후광이 비쳤다. 세몬은
미하일에게 고맙다고 인사말을 했다.

"미하일 자네는 보통 사람이 아닌 모양이니 자네를 잡을

수도 없고, 꼬치꼬치 캐물을 수도 없네. 하지만 꼭 한 가지 알고 싶은 것이 있네. 자네를 이끌고 집으로 돌아왔을 때 자네는 몹시 침울한 얼굴을 하고 있었지만 내 아내가 저녁 준비를 하기 시작하자 싱긋 웃으며 밝은 표정을 지었는데 어찌 된 까닭인가? 또 어느 신사가 장화를 주문했을 때도 자네는 웃으면서 밝은 표정을 지었고, 이번에는 저 부인이 아이들을 데리고 왔을 때도 빙그레 웃었네. 그리고 방 안에 밝은 빛이 비쳤네. 미하일, 어째서 자네에게 후광이 있으며 왜 세 번 웃었는지 그 이유를 말해주게나."

그러자 미하일은 대답했다.

"제가 벌을 받은 것은 하느님의 말씀을 거역했기 때문입니다. 어느 날 하느님이 한 여자에게서 영을 빼앗으라고 제게 명령하셨습니다. 그 여자는 쌍둥이 딸을 낳았습니다. 갓난아기는 어머니 곁에서 꼬무락거리고 있었으나 어머니는 젖을 줄 기운도 없었던 것입니다. 여인은 제 모습을 발견하자 하느님이 보내신 걸 짐작하고 매우 슬프게 흐느끼며 말했습니다.

'아아, 천사님. 남편은 숲에서 나무에 깔려 죽어 바로 며칠 전에 장례식을 치른 참입니다. 저는 형제자매도 큰어머니, 작은어머니, 할머니도 없기 때문에 이 갓난애들을 거두어 줄 사람이 없습니다. 제발 제 영혼을 가져가지 마시고, 이 아이들을 제 손으로 키우게 해주세요.어린아이는 부모 없이는 살지 못합니다.'

저는 그녀가 하는 말을 듣고 한 아이를 안아 젖꼭지를 물려주고, 다른 아이는 팔에 안겨 준 다음 하늘나라에 돌아갔습니다. 그리고 하느님께 말씀을 드렸습니다.

'저는 도저히 산모의 혼을 빼앗아올 수 없었습니다. 남편은 나무에 깔려 죽고, 부인은 방금 쌍둥이를 낳고서 제발 영혼을 거두어 가지 말아 달라고 애원했습니다. 제발 자기 손으로 아이들을 키우게 해 달라면서 어린아이는 부모 없이는 살지 못한다고 말했습니다. 그래서 저는 부인의 영혼을 데려오지 못했습니다.'

그러자 하느님께서 다시 명령하셨습니다.

'지금 곧 다시 내려가 부인의 영혼을 데려오면 세 가지 말의 뜻을 알게 될 것이다. 즉 인간의 내부에는 무엇이 있는가? 사람에게 허락되지 않은 것은 무엇인가? 사람은 무

엇으로 사는가? 그것을 알게 되면 하늘나라로 돌아올 수 있으리라.'

그래서 저는 다시 지상으로 내려와 산모의 혼을 데려갔습니다. 두 아기는 어머니의 가슴에서 떨어져 있었으나, 주검이 침상 위에서 쓰러지는 바람에 한 아이를 덮쳐 눌러 한 쪽 다리를 못 쓰게 되었습니다. 저는 그 마을에서 하늘로 날아 올라가 여자의 혼을 하느님께 바치려고 했는데 갑자기 거센 바람이 휘몰아치면서 저의 날개를 부러뜨렸습니다. 그래서 그 여자의 혼만 하느님 곁으로 올라가고, 저는 지상에 떨어져 길바닥에 쓰러졌던 것입니다."

11

세묜과 마트료나는 자기들이 먹이고 입혔던 사람이 누
군지, 자기들과 같이 살면서 일해 온 사람이 누구인지를 알
고 두려움과 기쁨으로 눈물을 흘렸다. 그러자 미하일은 말
을 이었다.

"저는 홀로 알몸인 채 들판에 버려졌습니다. 저는 그때까
지 인간의 부자유라는 것도 추위도 배고픔도 모르고 있었
는데, 그런 제가 갑자기 인간이 돼 버린 것입니다. 배고픔도
극도에 달했고, 몸도 얼어붙어 어떻게 해야 좋을지 몰랐습
니다. 그때 들 한가운데에 있는 하느님을 모시는 교회가 눈

에 띄어 몸을 의지하려고 그곳으로 갔으나 문이 잠겨 있어 안으로 들어갈 수가 없었습니다.

저는 바람을 피하려고 교회 뒤로 돌아갔습니다. 이윽고 날이 저물자 배고픔은 더욱 심해지고, 몸은 점점 얼어붙어 거의 죽기 직전이었습니다.

그때 어떤 사람이 장화를 들고 걸어오면서 혼자 무엇이라고 중얼거렸습니다. 저는 인간이 되어서 언젠가는 반드시 죽어야 하는 인간의 모습을 처음으로 보았습니다. 저는 그 얼굴이 무서워 돌아앉았습니다. 그런데 그 사람이 중얼거리는 소리를 자세히 들어보니 이 추운 겨울을 어떻게 보낼 것인가. 어떻게 처자식들을 먹여 살릴까 걱정하고 있었습니다. 거기서 나는 생각했습니다.

'나는 지금 추위와 배고픔 때문에 죽어가고 있다. 마침 사람이 오고 있으나 그는 자기와 아내의 가죽 외투를 어떻게 마련하며 어떻게 살아가야 되는가 하는 문제로 걱정이 태산 같으니 이 사람은 나를 도와줄 능력이 없다.'

그는 저를 발견했으나 얼굴을 찡그리고 아까보다 더욱 무서운 모습이 되어 그대로 제 곁을 지나갔습니다. 그나마

한 줄기 희망마저 사라져버린 느낌이었습니다. 그런데 갑자기 사나이가 되돌아오는 소리가 들렸습니다. 다시 그 얼굴을 쳐다보았을 때는 방금 지나간 사나이가 아니구나 하고 생각했을 정도였습니다. 좀 전의 죽음의 기운이 서려 있었던 그 얼굴엔, 생기가 돌고, 신의 그림자가 어려 있었습니다. 사나이는 제 곁으로 다가와 입고 있던 옷을 벗어 입혀주고, 자기 집으로 데리고 갔습니다.

그 사람의 집에 이르니 한 여자가 나와서 불친절한 말을 늘어놓기 시작했습니다. 그 여자는 사나이보다 훨씬 더 무서운 표정이었습니다. 그 여인의 입에서 죽음의 독기가 뿜어져 나와 저는 그 입김 때문에 숨을 제대로 쉴 수가 없었습니다. 여자는 저를 추운 밖으로 쫓아내려고 했습니다. 만약 그대로 저를 내쫓았다면 그녀는 당장 죽고 말았을 것입니다. 저는 그것을 알고 있었습니다. 그러나 그녀의 남편이 갑자기 하느님 얘기를 꺼내자 여자는 곧 태도를 바꾸고 표정이 부드러워졌습니다.

여인이 저녁밥을 권하면서 제 얼굴을 힐끗 쳐다보았을 때 그 얼굴에는 죽음의 그림자가 이미 자취도 없이 사라지고 생기가 넘치고 있었습니다. 저는 거기서 신의 얼굴을 발견한 것입니다.

그때 저는 '인간 안에는 무엇이 있는지 그것을 알게 되리라.'라고 하신 하느님의 첫 번째 말씀을 생각해냈습니다. 저는 인간 안에 있는 것이 바로 사랑이라는 것을 깨달았습니다. '하느님께서는 약속하신 일을 이렇게 내게 계시해주시는구나.' 하고 생각하니 그만 너무 기뻐서 싱긋 웃고 말았습니다.

그러나 아직 그 전부를 알 수는 없었습니다. '인간에게 무엇이 허락되어 있지 않은가, 사람은 무엇으로 사는가.'라는 것을 몰랐던 것입니다.

그러던 중 두 분과 함께 생활하게 된 지 1년이 지난 때였습니다. 어느 날 한 신사가 가게에 나타나 1년을 신어도 상하거나 찢어지지 않을 장화를 만들어 달라고 했습니다. 제가 문득 그 신사를 쳐다보니 뜻밖에도 그의 등 뒤에 나의 동료였던 죽음의 천사가 서 있는 것을 발견했습니다. 저 이외에는 아무도 그 천사를 보지 못했지만 저는 그 천사를 알고 있었습니다. 날이 저물기도 전에 그의 영혼은 그에게서 떠나버린다는 것을 알았습니다.

저는 생각했습니다.

'이 신사는 1년을 신어도 이상이 없는 구두를 주문하지만 자기가 오늘 안으로 죽는다는 것은 모른다.'

그래서 저는 '인간에게 허락되지 않은 것은 무엇인가.'라는 하느님의 두 번째 말씀의 뜻을 알게 되었습니다.

인간의 내부에 무엇이 있는가는 이미 알았습니다. 또한 저는 인간에게 허락되지 않는 것이 무엇인지도 깨닫게 되었습니다. 그것은 '자신에게 진정 무엇이 필요한지에 대한 지혜'였습니다. 그래서 저는 두 번째로 빙긋이 웃었습니다. 친구였던 천사를 만난 일도 기뻤으며 하느님께서 두 번째 말씀을 계시해주신 것도 기뻤습니다.

그렇지만 아직 전부는 알지 못하고 있었습니다. 저는 언제까지나 여기 있으면서 하느님께서 최후의 말씀을 계시해주실 때를 기다렸습니다. 그런데 6년째 되는 오늘, 엄마가 없어도 두 쌍둥이는 잘 자라고 있다는 것을 비로소 알았습니다. 저는 생각했습니다.

'어머니가 자식을 봐서 살려 달라고 애원했을 때 나는 그 말을 믿고 아이들은 부모 없이는 살아갈 수 없다고 생각했는데 다른 사람이 엄연히 두 아이를 잘 기르고 있지 않은가.'

또한 저는 그 부인이 타인의 아이로 인해 눈물을 흘렸을 때 거기에서 살아계신 신의 그림자를 발견했고, 사람은 무엇으로 사는가를 깨달았습니다. 하느님께서 최후의 말씀을 계시하여 저를 용서해주셨다는 것을 알았으므로 세 번째로 싱긋 웃었던 것입니다."

12

그러자 천사의 모습이 드러나면서 온몸이 빛으로 둘러싸였으므로 눈으로는 똑바로 바라볼 수가 없었다. 천사는 커다란 목소리로 말했다. 그것은 스스로 말하는 것이 아니라 하늘에서 들려오는 소리 같았다. 천사는 이렇게 말했다.

"나는 이런 것을 깨달았다. 모든 사람은 자신을 살피는 마음에 의해 살아가는 것이 아니라 사랑으로써 살아가는 것이다. 어머니에게는 자기 아이의 생명을 위해서 무엇이 필요한가를 아는 것이 허락되지 않았다.

또 부자는 자신에게 무엇이 필요한지를 알지 못했다. 하물며 어떠한 사람에게도 마찬가지이다. 사람은 자신이 필요로 하는 무언가가 산 자가 신을 장화일지, 죽은 사람에게 신기는 슬리퍼일지를 알지 못한다.

내가 인간이 되고 나서 무사히 살아갈 수 있었던 것은 내가 내 자신의 일을 여러 가지로 걱정했기 때문이 아니라 지나가던 사람과 그의 아내에게 사랑이 있어 나를 불쌍하게 여기고 나를 사랑해주었기 때문이다. 또 두 아이들이 잘 자란 것도 많은 사람이 그들의 생활을 염려해주고 걱정했기 때문이 아니라 오직 한 여인에게 진실한 사랑이 있어 그 아이들을 불쌍히 여겨 사랑해준 덕분이다. 그러니 모든 인간이 살아가는 까닭은 각각 자기 스스로의 일을 염려하기 때문이 아니라 그들 가운데 사랑이 있었기 때문이다.

나는 이전부터 하느님께서 인간에게 생명을 부여하고 그들이 잘 살아가기를 바라고 있다는 것을 깨달았지만 이번에는 한 가지 일을 더 깨달았다. 하느님께서는 인간들이 뿔뿔이 떨어져서 사는 것을 원하지 않으신다. 그렇기 때문에 인간들 각자에게 무엇이 필요한가를 제시하지 않았던 것이다. 인간들이 하나로 뭉쳐 사는 것을 원하시기 때문에 우리들에게 모든 인간은 자신을 위해서 또 만인을 위해서 무엇이 필요한가를 계시하신 것이다.

이제야말로 나는 깨달았다. 모두가 자신을 걱정함으로써 살아갈 수 있다고 생각하는 것은 다만 인간들이 그렇게 생각하는 것일 뿐, 사실은 오직 사랑에 의해 살아가는 것이다. 사랑 속에 사는 자는 하느님 안에 살고 있는 것이다. 왜냐하면 하느님은 사랑이시기 때문이다."

그렇게 말한 천사는 하느님을 찬송했다. 그러자 그 웅장한 목소리로 인해 집이 울리는 것 같았다. 이윽고 천장이 두 갈래로 쫙 갈라지면서 땅에서 하늘까지 한 줄기 불기둥이 뻗쳤다. 세몬 내외와 아이들은 모두 땅바닥에 엎드렸다. 미하일의 등에 날개가 돋아나 활짝 펼쳐지더니, 천사가 된 그는 하늘로 날아 올라갔다.

세몬이 정신을 차렸을 때 집은 예전 그대로였지만, 집 안에 가족 외에는 아무도 없었다.

사랑이 있는 곳에 신이 있다

어떤 거리에 마르틴 아브제이치라는 구두장이가 살고 있었다.

그가 거처하는 곳은 지하실이었는데 창문이 하나밖에 없었다. 창문은 길 쪽으로 뚫려 있었고 그 창 너머로 사람들이 오가는 것이 보였다. 그렇지만 보이는 것은 전부 발뿐이었다.

마르틴은 그곳에 오래 살았기 때문에 친구들이 많았다. 이 근처에서 구두 일로 한두 번 가량 마르틴의 신세를 지지 않은 사람은 거의 없다고 해도 과언이 아닐 정도였다. 구두

창을 갈아낸 것도 있고, 해진 데를 기운 것도 있고, 둘레를 다시 꿰맨 것도 있으며 그중에는 가죽을 몽땅 갈아버린 것도 있었다. 그래서 마르틴은 종종 창 너머로 자기가 수선해준 구두를 볼 때가 많았다.

일감은 많이 들어왔다. 마르틴은 늘 재료도 좋은 것만을 쓰고 품삯이 싼 데다가 약속도 꼬박꼬박 지켰기 때문이다. 손님이 원하는 기한 내에 반드시 해내고 마는 마르틴의 성격을 모두가 알고 있었기 때문에 일감이 끊이지 않았다.

마르틴 아브제이치는 원래 착한 사람이었고, 나이를 먹으면서부터는 더욱 자신의 영혼에 대해서 생각하며 한결 신에게 가까이 가고 있었다.

마르틴이 예전 주인 밑에서 일했을 때 아내가 죽고 세 살짜리 아들만 남아 있었다. 어찌 된 일인지 먼저 낳은 아이들은 모두 죽어버렸다. 처음에 마르틴은 이 아들을 시골 누님에게 맡기려고 했지만 어머니가 없는 데다가 아버지에게서까지 떨어뜨리면 측은해서 안 되겠다는 생각이 들었다.

'우리 아기 카피토슈카를 남의 집에 맡기다니 얼마나 가엾은 일이냐. 고생스럽더라도 차라리 내가 데리고 있자.'

마르틴은 마침내 주인을 떠나 아들과 함께 셋방살이를 했다. 그런데 어느 날 어렸던 카피토슈카도 심부름할 정도로 자라서 이젠 한결 안정되었다고 생각할 무렵에 그만 병을 앓아눕더니 일주일가량 고열로 신음하던 끝에 그만 세상을 떠나고 말았다. 마르틴은 아들의 장례식을 마치고 나자 실의에 빠졌고, 어떤 때는 하느님을 원망하기도 했다. 마르틴은 비참한 마음이 들어 제발 자기를 죽게 해달라고 하느님께 빈 적이 한두 번이 아니었다. 그리고 늙은 자기 대신 어린 외동아들을 데리고 간 하느님께 원망의 말을 하기도 했다. 이런 일이 있은 후 마르틴은 교회에도 나가지 않게 되었다.

그러던 어느 날, 같은 고향의 노인이 마르틴을 찾아왔다. 이 노인은 벌써 8년째 성지 순례 중이었다. 마르틴은 노인과 세상 이야기를 주고받다가 자기 신세에 대한 푸념을 늘어놓기 시작했다.

"난 그저 죽고만 싶은 심정입니다. 오직 그 한 가지만을 하느님께 비는 형편입니다. 난 이제 아무런 희망도 없는 인간이 되어버렸으니…."

그러자 노인이 말했다.

"마르틴, 그건 자네가 잘못 생각하고 있는 거야. 우리는 하느님의 처사에 대해 옳다 그르다 비판할 수 없어. 무슨 일이든 우리의 지혜가 아니라 하느님의 재량으로 결정되는 것이니까. 비록 자네 아들은 죽었지만 자네는 살아야 하네. 그것이 하느님의 뜻이네. 그것을 절망으로 생각하는 것은 자네가 자신의 즐거움을 위해 살려고 하기 때문이야."

"그러면 무엇 때문에 산다는 겁니까?"

마르틴이 물었다. 그러자 노인은 이렇게 대답했다.

"하느님을 위해 살아야 해, 마르틴. 하느님께서 허락해 주신 목숨이니까 하느님을 위해 사는 것이 도리 아니겠나? 하느님을 위해서 살면 아무런 걱정이 없고, 모든 일이 편안해지네."

마르틴은 잠자코 있다가 한참 후에 입을 열었다.

"하느님을 위해 사는 것이란 도대체 어떻게 사는 거지요?"

그러자 노인은 말했다.

"어떻게 하면 하느님을 위해 살 수 있느냐 하는 것은 그리스도께서 다 가르쳐주시네. 자네 글 읽을 줄 알지? 성경을 사서 읽으라구. 그렇게 하면 하느님을 위해서 산다는 일이 어떤 것인지 알게 될 거야. 거기엔 무엇이든 다 쓰여 있으니까."

그의 말은 마르틴의 마음을 사로잡았고, 마르틴은 그날로 당장 커다란 활자로 찍힌 『신약성서』를 사다가 읽기 시작했다. 처음에는 일요일이나 축제일에만 읽을 생각이었지만, 한번 읽기 시작하자 완전히 빠져들어 날마다 읽게 되었다. 어떤 때는 너무 골똘하게 읽은 나머지 램프의 석유가 다 닳은 것도 몰랐다. 읽으면 읽을수록 하느님께서 무엇을 말씀하시는지, 신을 위해 산다는 게 어떤 것인지 분명히 알게 되어 마음이 점점 가벼워졌다. 전에는 잠자리에 누워서도 꺼질 듯 한숨만 쉬며 계속 죽은 아들만 생각했지만, 지금은 오로지 "하느님이시여, 감사하옵니다! 감사하옵니다! 모든 일을 당신의 뜻에 맡기오니 주관하여 주옵소서!"라고 기도드릴 뿐이었다.

그때부터 마르틴의 생활은 몰라보게 달라졌다. 예전에는 축제일 같은 때는 빈둥빈둥 놀러 다니거나, 음식점에 들어가 차를 마시고 보드카를 마셨다. 아는 사람과 한잔 들이

키고 취하지도 않았는데 술주정을 하고 남에게 시비를 걸기도 했다. 그런데 이제 그런 일은 없어지고 조용하고 보람 있는 나날을 보냈다. 아침부터 작업하여 정한 시간만큼 일을 하고 난 후, 램프를 걸쇠에서 벗겨 테이블 위에 놓았다. 그리고 벽장에서 성경을 꺼내놓고 앉아서 읽기 시작하는 것이었다. 읽으면 읽을수록 그 뜻을 알게 되어 그의 마음은 더욱 밝아지고 즐거워졌다.

마르틴은 여느 때처럼 밤늦게까지 책을 읽고 있었다. 마침 〈누가복음서〉 제6장을 읽었는데 다음과 같은 구절이 있었다.

누가 뺨을 치거든 다른 뺨마저 대 주고, 누가 겉옷을 빼앗으면 속옷까지 내주어라. 무릇 구하는 사람에게는 주고 네 것을 가져가는 사람에게 다시 받으려고 하지 말라. 너희가 남에게 바라는 대로 남에게 주어라.

그는 다시 다음 구절을 읽어 나갔다. 거기에서 그리스도는 이렇게 말하고 있었다.

너희는 나에게 '주님, 주님' 하면서 어찌하여 내 말은 실행하지 않느냐? 나에게 와서 내 말을 듣고 실행하는 사람은 누구나 같은 것을 너희에게 보이리라. 그 사람은 땅을 깊이 파고 반석 위에 기초를 놓고 집을 짓는 사람과 같다. 홍수가 나서 큰물이 집으로 들이치더라도 그 집은 튼튼하게 지었기 때문에 조금도 흔들리지 않는다. 그러나 내 말을 듣고도 실행하지 않는 사람은 기초 없이 맨땅에 집을 지은 사람과 같다. 큰물이 들이치면 그 집은 곧 여지없이 무너져 파괴되고 말 것이다.

이 구절을 읽은 마르틴은 마음속에 더욱 큰 기쁨을 느꼈다. 그는 안경을 벗어 책 위에 놓고 테이블 위에 팔꿈치를 괸 채 생각에 잠겼다. 그리고 이 말씀에 견주면서 자기가 이제까지 해온 일들을 생각해보았다.

'내 집은 어떤가? 반석 위에 지어졌는가? 아니면 모래 위에 지어졌는가? 반석 위에 지어진 집이라면 얼마나 좋을까? 이처럼 가벼운 마음으로 혼자 있으면 모든 일을 하느님의 지시대로 할 것 같은 마음이 들지만 어쩌다 그만 죄를

짓게 되니. 아니, 그래도 열심히 살아가자. 아, 참으로 기쁘다. 하느님 원하오니 나를 도와주소서!'

마르틴은 그렇게 생각하고 그만 자려고 했으나 그래도 쉽사리 책을 놓을 수가 없어서 다시 제7장을 읽었다. 로마 군대 백부장(百夫長 : 로마 군대의 100명으로 조직된 단위 부대의 장) 이야기부터 어느 과부의 아들을 살리신 이야기, 세례 요한이 두 제자에게 말한 대목, 부유한 바리새인이 예수를 자기 집에 초청한 이야기까지 읽었다. 그리고 죄 많은 여자가 그리스도의 발에 향유를 바르고, 그 위에 눈물을 뿌리니 그리스도가 그 죄를 용서하셨다는 이야기도 읽었다. 이렇게 43절을 읽고 나서 다시 다음 구절을 읽었다.

그 여자를 돌아보시며 시몬에게 말씀하시되 이 여자를 보아라. 내가 네 집에 들어오매 너는 내게 발 씻을 물도 주지 않았지만 이 여자는 눈물로 내 발을 적시고, 머리카락으로 내 발을 닦아주었다. 너는 내 얼굴에 입 맞추지 않았지만 이 여자는 줄곧 내 발에 입 맞추고 있다. 너는 내 머리에 기름을 발라주지 않았지만 이 여자는 내 발에 향유를 발라주었다.

마르틴은 생각했다.

'발 씻을 물을 주지 않고, 입을 맞추지 않고, 머리에 감람 유도 붓지 않았다.'

마르틴은 다시 깊은 생각에 잠겼다.

'아무래도 내가 그 바리새인과 같았던 모양이야. 오로지 내 자신만을 생각하고 있었어. 차를 마시고 싶다든지 따뜻하고 깨끗한 옷을 걸치고 싶다는 생각만 하고, 손님을 위한 생각은 별로 하지 않았어. 오직 내 생각만 하느라 손님의 일 같은 건 아무래도 좋았지. 그렇다면 나에게 있어서 손님은 누군가? 다름 아닌 하느님이시다.'

마르틴은 턱을 괴고 생각에 빠져 있다가 어느 사이에 잠이 들고 말았다.

"마르틴!"

문득 누군가가 등 뒤에서 부르는 소리가 들려왔다.

마르틴은 깜짝 놀라 '누굴까?' 하고 생각하며 고개를 돌려 문 쪽을 보았으나 아무도 없었다. 도로 몸을 굽혀 엎드리자 잠시 후 또렷한 말소리가 들려왔다.

"마르틴, 마르틴! 내일 창 너머로 한길을 보아라. 내가 이 곳에 올 테니."

마르틴은 의자에서 일어나 눈을 비비며 그 소리를 꿈속에 들었는지 생시에 들었는지 정신을 차려 생각해보았으나 도무지 알 수가 없었다. 그래서 램프를 끄고 다시 잠자리에 들었다.

이튿날, 마르틴은 날이 새기도 전에 일어나 하느님께 기도를 드린 후 난로에 불을 지펴 국과 보리죽을 끓이고, 시모바르(구리나 은으로 만든 러시아 특유의 주전자)를 준비한 후 앞치마를 두르고 창가에 앉아 일을 시작했다. 마르틴은 일을 하면서도 마음속으로는 어젯밤 일만 생각하고 있었다. 어쩌다 우연히 그런 소리가 자기 귀에 들렸을 뿐이라고 생각하면서도 한편으로는 정말로 그 소리가 들렸다고 믿기도 했다.

'뭐, 이런 일은 흔히 있는 일이니까.'

마르틴은 가볍게 생각하려고 했다. 하자만 창가에 앉아 있는 마르틴은 일을 하기보다는 창 너머 한길을 보는 때가 많았다. 낯선 구두를 신고 지나가는 사람이 있으면 몸을 구부려 밖을 내다보면서 구두뿐 아니라 얼굴까지 보려고 애썼다. 새로 지은 장화를 신은 정원사가 지나가는가 하면 지게를 진 일꾼도 지나갔다. 그 뒤로 여기저기를 꿰맨 낡은 장화를 신은 니콜라이 1세 시대의 늙은 병사가 손에 삽을 들고 창 앞으로 다가왔다. 마르틴은 장화를 보고 곧 늙은 병사라는 걸 알았다. 이 늙은 병사는 '스테파니치'라고 불렸는데 옆집 상인이 인정상 데리고 있었다. 정원사의 일을 도와주는 것이 그의 일이었다. 스테파니치는 마르틴의 창 바로 앞에서 길에 쌓인 눈을 치우고 있었다. 한참을 바라보고 있다가 마르틴은 다시 일을 시작했다.

"나도 이젠 늙어서 망령이 들었나 보다."

마르틴은 중얼거리면서 웃었다.

"스테파니치가 눈을 치우고 있는데 나는 예수님께서 나타나신 게 아닌가 하고 생각하고 있었으니 한심한 노릇이야. 정신이 아주 나갔어."

그러나 얼마쯤 일을 하던 마르틴은 다시 창밖으로 마음이 쏠렸다. 창밖을 내다보니 스테파니치는 삽을 벽에 기대어놓고 볕을 쬐는 것 같기도 하고 쉬는 것 같기도 한 모습이었다. 그도 이제는 늙어서 눈을 치울 만한 기력이 없는 모양이었다.

'마침 주전자의 물도 끓고 있으니 저 사람에게 따뜻한 차라도 한잔 대접할까?'

마르틴은 끓는 물이 담긴 사모바르를 테이블 위에 올려놓고 손가락으로 창문 유리를 똑똑 두들겼다. 스테파니치가 돌아보고 창가로 다가오자 마르틴은 손짓을 하면서 문을 열러 갔다.

"추운데 이리 들어와서 몸을 좀 녹이지."

"정말 고맙소. 온 뼈마디가 쑤시오."

스테파니치는 반갑게 대답했다.

그는 들어오면서 눈을 털고 바닥이 젖지 않게 장화에 묻은 눈을 닦고 있었는데, 그러는 중에도 몸은 떨고 있었다.

"닦지 않아도 괜찮아. 자, 어서 이쪽으로 와서 앉게나."

마르틴은 두 개의 컵에 차를 따라서 하나는 그에게 주고 또 하나는 자기가 들고 후후 불어 마셨다. 스테파니치는 차를 다 마시자 컵을 엎어놓고 그 위에 먹던 설탕을 올려놓고는 잘 마셨다고 고마워했다. 그런데 어쩐지 아쉬운 듯한 표정이었다.

"한 잔 더 마시지."

마르틴은 자기 컵에도 그의 컵에도 다시 차를 가득히 따랐다. 하지만 차를 따르면서도 시선은 자꾸만 창밖으로 향했다.

"마르틴, 누구를 기다리고 있소?"

"누구를 기다리느냐고? 부끄러워서 말을 못하겠구먼. 기다리는 것도 아니고 그렇다고 기다리지 않는 것도 아니고, 꿈인지 생시인지도 잘 모르겠어. 어젯밤에 성서를 읽었는데 예수님이 가는 곳마다 푸대접을 받았더군. 자네도 들은적이 있겠지?"

"들어서 알고는 있지만, 나야 배우지 못해서 글을 읽을줄 모르잖소?"

"예수님께서 여러 지방을 돌아다니시다가 바리새인의집에 이르셨는데 바리새인이 대접을 소홀히 했다는 구절을 읽었지. 그런데 나는 어젯밤에 그 구절을 읽고 깊이 생각에 잠겼네! 예수님을 소홀히 대접했다니 그게 될 법이나 한 일인가? 그러나 만약 나에게나 다른 사람에게 예수께서 찾아오신다면 어떻게 대접할지 모르는 일이야. 하지만 그 바리새인은 분명히 충분한 대접을 못 했어. 그것을 생각하면서 꾸벅꾸벅 졸고 있는데 그때 어디선가 나를 부르는 소리가 들리지 않겠나. 가만히 귀를 기울였더니 누군가가 조그만 목소리로 '한길을 지켜보고 있어라. 내일 이곳에 올 테니'라고 하지 않겠어. 그것도 두 번이나 되풀이해서 말했다고. 그 말이 뚜렷이 들려왔기 때문에 예수님의 방문이 기다려지는구먼."

스테파니치는 고개를 갸우뚱거릴 뿐 아무 말도 하지 않고 컵에 남은 차를 마저 마시고 잔을 놓았다. 마르틴은 다시 그 컵에 차를 가득 따랐다.

"자, 한 잔 더 마시고 기운을 내게. 내가 생각하기에 예수께서 여러 지방을 돌아다니시며 모든 인간을 만나보셨겠지만 특히 우리처럼 신분이 낮은 인간들을 오히려 따뜻하게 대해주셨을 것이 분명해. 언제나 가난한 사람들을 격려하셨고, 제자도 대개 우리 같은 죄 많은 사람들 중에서 택하셨지. 마음이 교만한 자는 오히려 아래로 떨어지고, 마음이 가난한 자는 위로 올라간다고 말씀하셨어. 성경에 '너희들은 나를 '주님'이라고 부르지만 나는 너희들의 발을 씻어주겠다. 누구든지 우두머리가 되고 싶다면 모든 사람의 하인이 되어라'라고도 말씀하셨네. 또한 마음이 가난하고 겸손하며 인정이 있는 자는 행복할지니라고도 말씀하고 계시네."

스테파니치는 차 마시는 것도 잊고 있었다. 그의 두 뺨에서는 눈물이 흐르고 있었다.

"한 잔만 더 마시고 가게."

마르틴이 그렇게 말했다. 하지만 스테파니치는 가슴에 성호를 긋고 컵을 밀어놓으며 일어섰다.

"고맙네, 마르틴 아브제이치. 정말 잘 마셨네. 덕분에 몸도 마음도 훈훈하게 녹았네."

"종종 들러주게나. 나는 손님이 찾아오는 걸 좋아하니까."

스테파니치는 구두 가게에서 나갔다. 마르틴은 남은 차를 마시고 잔을 정리한 다음 창가로 가서 다시 구두의 뒤꿈치를 꿰매기 시작했다. 일을 하면서도 연신 창밖을 내다보고 예수님의 방문을 기다리며 예수님이 하신 일과 예수님에 대해서만 생각하고 있었다. 그의 머릿속에는 예수님이 말씀하신 여러 가지 일로 꽉 들어차 결코 사라지지 않았다.

한길을 두 병사가 지나가고 있었다. 한 사람은 군화를, 다른 한 사람은 관청에서 지급한 구두를 신고 있었다. 그들 뒤로 이웃집 주인이 윤이 나는 구두를 신고 지나가고, 조금 뒤엔 바구니를 든 빵집 종업원이 지나갔다. 그때 웬 여인 하나가 모직으로 만든 양말에 다 닳아진 신발을 신고 창가로 걸어와서 창가 벽 앞에 멈추어 섰다. 마르틴이 창 너머로 내다보니 다른 마을에서 온 여인으로 초라한 옷차림에 갓난아기까지 데리고 있었다. 그녀는 바람을 등지고 벽을 향해 서서 아이에게 추위를 막아주려고 애썼으나 여름옷을 걸치고 있어서 아이를 감싸주는 것이 아무것도 없었다. 마르틴이 방에서 들어보니 아이는 울음을 그치지 않고, 여인은 아이를 달래려고 무척 애쓰고 있었다. 마르틴은 일어나서 문을 열고 나가 큰 소리로 여인을 불렀다.

"아주머니! 아주머니!"

여자는 그 소리를 듣고 뒤돌아보았다.

"이 추운 날씨에 왜 거기서 아이를 울리고 있소? 괜찮으니 들어오시오. 방 안이 따뜻하니 아이를 달래기도 좋을 거요. 어서 들어오시오."

여인은 깜짝 놀라 마르틴을 쳐다보았다. 마르틴은 그녀를 난로 쪽으로 안내했다.

"자, 아주머니 여기 앉아요. 난로 가까이 와서 몸을 녹이면서 아기에게 젖을 주도록 해요."

"젖이 나오지 않아요. 아침부터 아무것도 먹지를 못해서."

마르틴은 딱한 듯 혀를 차면서 테이블로 가서 그릇과 빵을 꺼내고 난로 위의 따뜻한 수프를 접시에 따랐다. 보리죽이 담긴 항아리를 꺼냈으나 아직 덜 물렀기 때문에 수프만 식탁 위에 놓고 빵을 내놓은 다음 냅킨을 놓았다.

"자, 아주머니 여기 앉아서 어서 먹어요. 아기는 내가 안고 있을 테니까. 나도 예전에는 아기가 있었기에 좀 볼 줄 알지요."

여자는 식탁 앞에 앉더니 가슴에 성호를 긋고는 먹기 시작했다. 마르틴은 아기가 누워 있는 침상에 걸터앉아 열심히 달래려고 했으나 아기는 자꾸만 울어댔다. 그래서 마르틴은 입가에 손가락을 갖다 대고 이리저리 놀려주며 달랬다. 하지만 입속에 손가락을 넣지 않도록 조심했다. 아교 같은 게 묻어 손가락이 까매져 있었기 때문이다. 아기는 손가락을 보는 동안에 울음을 그치고 웃었다. 마르틴도 좋아서 웃었다. 여인은 식사를 하면서 자기의 처지에 대해 이야기했다.

"제 남편은 군인으로 여덟 달 전에 어디론가 멀리 떠났으며 그 후로는 소식이 없습니다. 저는 할 수 없이 남의 집 가정부로 들어가 얼마 후에 이 아이를 낳았지요. 그랬더니 아이가 있어서 일을 제대로 못한다고 주인이 저를 내보내 벌써 3개월째 하는 일 없이 지내고 있습니다. 어쩔 수 없이 입고 있던 옷까지 다 팔아서 연명했으나 이제는 굶을 수밖에 없어 유모로라도 들어가고 싶지만 그런 자리도 없어요. 몸이 너무 야위어 젖이 제대로 나오지 않을 거라고 거절하는 거예요. 지금은 장사를 하는 한 부인의 집에 다녀오는 길이에요. 그 집에 저희 마을 여자가 들어가 사는데 절 써주겠다고 약속했거든요. 그래서 전 이야기가 다 된 줄 알고 갔더니 다음 주에나 다시 오라는군요. 그런데 그 집이 얼마나 멀던지 저도 지쳐서 쓰러질 지경이었지만, 갓난아기도 여간 혼이 나지 않았어요. 고맙고 다행스럽게도 지금 있는 집의 주

084

인 아주머니가 하느님을 믿고 우리 모자를 불쌍하게 여겨주
시니 망정이지 그렇지 않았더라면 어떻게 살았을지…."

마르틴은 한숨을 쉬면서 말했다.

"따뜻한 옷은 없소?"

"이제 따뜻한 옷을 입어야 할 때가 되었는데, 바로 어제
도 하나밖에 없는 목도리를 20코페이카에 저당 잡힌 형편
이지요."

그녀는 침대로 돌아가 아기를 안았다. 마르틴도 일어나
한쪽 구석으로 가서 무엇인가를 한참 찾더니 이윽고 남자
용 외투를 들고 왔다.

"자, 이 외투를 받으시오. 낡은 것이지만 아기를 감쌀 수
는 있을 거요."

여인은 낡은 외투와 마르틴을 번갈아 쳐다보다가 그만
소리 내어 울기 시작했다. 마르틴도 눈물이 나올 것 같아
돌아섰다. 그리고 침대 밑으로 들어가 옷궤를 끌어내놓고
그 속을 뒤졌다.

그녀가 말했다.

"할아버지 고맙습니다. 하느님께서 복을 내려주실 겁니

다. 아무래도 하느님께서 저를 할아버지 집으로 보내주신 모양입니다. 하마터면 이 아이가 얼어 죽을 뻔 했어요. 집을 나섰을 때는 따뜻했는데 갑자기 추워지더군요. 이것은 분명히 주님께서 할아버지를 창가에 앉게 하셔서 가엾은 저의 모습을 보게 하신 걸 거예요."

마르틴은 즐겁게 웃으며 말했다.

"듣고 보니 그렇군요. 주님께서 그렇게 하도록 만드셨소. 사실 내가 창밖을 내다보고 있었던 것은 아무 까닭도 없이 그런 것은 아니겠지요."

마르틴은 여인에게 어젯밤에 주님께서 오늘 자기를 찾아오시겠다고 한 말을 들려주었다.

"그런 일이야 얼마든지 있을 수 있는 일이지요."

여인은 일어나 외투를 걸치고 그 품에 아기를 감싸 안고 마르틴에게 공손히 인사했다.

"자, 그리스도의 이름으로 이것을 받으시오."

마르틴은 여자에게 20코페이카를 주었다.

"이것으로 목도리를 찾도록 해요."

여자는 성호를 그었다. 마르틴도 성호를 그으며 여자를

배웅했다.

여자가 떠나자 마르틴은 수프를 먹고 뒤치다꺼리를 한 다음 다시 일감을 붙잡았다. 그러나 일을 하면서도 여전히 창밖을 내다보는 것만은 잊지 않았다. 창문에 그림자가 비치면 누가 지나가는가 보려고 얼른 얼굴을 들었다. 그때마다 낯익은 사람도 지나가고 모르는 사람도 지나갔으나 특별히 눈여겨볼 만한 사람은 없었다.

잠시 후 바라보니 창문 맞은편에 어떤 할머니가 서 있었는데 그 할머니는 사과가 담긴 바구니를 들고 있었다. 거의 다 팔았는지 사과는 얼마 남아 있지 않았고, 대신 나무 부스러기가 든 자루를 어깨에 메고 있었다. 아마 어딘가의 공사장에서 주워 들고 집으로 돌아가는 모양이었다. 할머니는 자루가 무거워 다른 쪽 어깨에 바꾸어 메려고 자루를 한길 위에 내려놓고 사과 바구니를 말뚝에 걸어놓은 채 자루 속의 나뭇조각들을 추스르기 시작했다. 그런데 할머니가 다시 자루를 어깨에 메려는 순간 어디서 나타났는지 찢어진 모자를 쓴 사내아이가 갑자기 튀어나오더니 바구니에서 사과 한 개를 집어 들고 도망가려고 했다. 이를 알아챈 할머니가 잽싸게 돌아서서 사내아이의 옷소매를 붙잡았다. 사내아이는 발버둥질 치며 할머니의 손에서 빠져나가려고 했으나, 할머니는 두 손으로 꽉 붙잡고 모자를 벗기더니 머리카락을 움켜잡았다. 사내아이는 용서를 빌기는커녕 할머니에게 큰 소리로 욕설을 퍼부었다.

그 광경을 지켜보던 마르틴은 바늘과 일감을 마룻바닥에 놓고 입구 쪽으로 달려갔다. 급히 뛰어나가는 바람에 층계에서 넘어질 뻔하여 안경을 떨어뜨렸다. 마르틴이 한길로 뛰어갔을 때 할머니는 그 아이의 머리카락을 움켜잡고 욕하면서 경찰서로 끌고 가려고 했다. 사내아이는 있는 힘을 다해서 빠져나가려고 발버둥질 치며 소리쳤다.

"왜 때려요? 나는 훔치지 않았어요. 이거 놔요."

마르틴은 사내아이의 손을 잡고 할머니를 말렸다.

"할머니, 놓아주십시오. 그리스도의 사랑으로 용서해주십시오."

"놓아주기는 하겠지만 다시는 이런 짓을 못하게 경찰서에 끌고 가서 혼을 좀 내야지."

마르틴은 할머니를 달랬다.

"그만 놓아주세요. 다시는 이러지 않겠죠. 그리스도의 이름으로 놓아주십시오."

할머니는 마침내 손을 놓았다. 사내아이가 도망치려는 것을 마르틴이 붙잡아 세우며 말했다.

"할머니께 잘못했다고 빌어라. 이제 두 번 다시 나쁜 짓을 해서는 안 돼! 네가 사과를 꺼내는 것을 나는 다 보았으니까."

사내아이는 훌쩍훌쩍 울면서 빌었다.

"음, 이제 됐다. 자, 이 사과는 가지고 가거라."

마르틴은 바구니에서 사과 하나를 집어 사내아이에게 주었다.

"할머니, 값은 제가 치르지요."

"공연한 짓을 해서 아이들의 버릇을 그르치지 말아요. 저런 애들은 한 일주일쯤 혼을 내줘야 하는데."

"아닙니다. 할머니, 그건 우리 인간의 생각이지 주님의 뜻은 그렇지 않습니다. 사과 한 개를 훔쳤다고 이 아이를 때려야 한다면 죄 많은 우리 어른들은 어떤 벌을 받아야 합니까?"

할머니는 아무런 대답도 없이 잠자코 있었다. 마르틴은 할머니에게 주인은 마름(지주를 대신하여 소작권을 관리하는 사람)이 진 많은 빚을 모두 없애주었는데, 그 마름은 자기에게 빚진 사나이를 찾아가 그 빚을 갚지 않으면 교도소에 보내겠다고 위협했다는 이야기를 들려주었다. 할머니는 가만히 듣고 있었다. 사내아이도 그대로 서서 듣고 있었다.

"주님께서는 죄를 용서하라고 말씀하셨지요. 그렇게 하지 않으면 우리도 죄를 용서받을 수 없는것 아니겠어요? 어떤 사람이라도 용서해주어야 하거늘, 하물며 철없는 어린아이는 더욱 그렇지요."

마르틴은 열심히 말했다. 이윽고 할머니는 고개를 끄덕이며 긴 한숨을 내쉬었다.

"그야 그렇지만 이런 아이들은 너무나 버릇이 없어서…"

"그러니까 우리들이 가르쳐야겠지요."

할머니는 대꾸했다.

"그래요. 나도 아이들을 일곱 명이나 낳았지만 지금은 딸 하나밖에 없어요."

그리고 어느 마을에서 그 딸과 같이 살고 있는지, 외손자가 몇 명인지 등을 이야기하기 시작했다.

"나도 이젠 기운이 없지만, 그래도 계속 일을 하지요. 어린 손자들이 가엾어서 말이에요. 손주들이 모두 어찌나 착한지 내가 돌아갈 때면 마중을 나온답니다. 아크슈트란 놈은 내 곁에서 떠나지 않으려고 해요. 그놈은 '우리 할머니가 제일 좋아!' 하면서 말예요."

할머니는 마침내 기분이 풀어졌다.

"너도 물론 철없는 생각에 그런 짓을 했겠지?"

할머니는 사내아이를 보며 말했다. 노파가 자루를 어깨에 메려고 하자 사내아이가 재빨리 나서며 말했다.

"제가 들어다 드릴까요, 할머니? 저도 그쪽으로 가니까요."

노파는 자루를 들어 사내아이의 어깨에 올려주었다. 이렇게 하여 두 사람은 어깨를 나란히 하고 걸어가기 시작했다. 노파는 마르틴에게 사과값을 받는 것까지 잊어버렸다. 마르틴은 우두커니 서서 두 사람의 뒷모습을 바라보며 그들의 주고받는 이야기에 귀를 기울였다.

마르틴은 집 안으로 되돌아오다가 층계에 떨어져 있는 안경을 집어 들고 다시 일을 시작했다. 마르틴이 부지런히 일하는 사이에 어느덧 날이 저물어 바늘구멍이 잘 보이지 않게 되었으며, 거리에는 가스등에 불을 켜는 사람이 돌아다녔다. 마르틴은 램프에 불을 당겨 고리에 걸고 다시 일을 시작했다. 한쪽 장화를 완성한 후 이리저리 살펴보았으나 별 이상이 없이 잘 꿰매져 있었다. 도구를 치우고 가죽 조각을 쓸어낸 다음 실과 바늘을 잘 간수하고, 램프를 꺼내어 테이블 위에 놓고는 벽장에서 성서를 꺼냈다. 전날 저녁에 가죽 조각을 끼워놓은 데를 펼치려고 했는데 다른 페이지가 펼쳐졌다. 성서를 펼치자 어제저녁의 꿈이 되살아났으며 동시에 무엇인가 부스럭거리는 소리가 귀에 들려왔다. 마르틴이 뒤를 돌아보니 어두컴컴한 구석에 사람이 서 있었다. 사람임은 분명한데 누군지는 알 수 없었다. 그 사람은 마르틴의 귀에 대고 조용히 속삭였다.

"마르틴, 마르틴. 넌 나를 알아보지 못했지?"

"누구를 말입니까?"

"나 말이다. 오늘 만난 사람이 나라니까."

그러자 어두컴컴한 한구석에서 스테파니치가 앞으로 나오면서 빙그레 웃더니 순식간에 사라졌다.

"그는 나였다."

목소리가 말했다. 그러자 어두운 구석에서 아기를 안은 여인이 나타났다. 여인은 밝은 미소를 지었고 아기도 방긋 웃더니 순식간에 사라져버렸다.

"그것도 나였어."

이번에는 할머니와 사과를 들고 있는 사내아이가 나타나서 빙긋이 웃더니 어느새 사라져버렸다.

마르틴은 너무나 기뻤다. 성호를 긋고 안경을 끼고 성경이 펼쳐진 곳을 읽기 시작했다. 그곳의 앞부분엔 다음과 같이 쓰여 있었다.

내가 굶주릴 때 먹을 것을 주었고, 목마를 때 마시게 하였고, 나그네가 되었을 때 영접하였고, 내가 벗었을 때 옷을 입혔으니….

그리고 끝부분에는 또 이렇게 쓰여 있었다.

내 형제 중 지극히 작은 자 하나에게 한 것이 곧 내게 한 것이니라.

마르틴은 깨달았다. 꿈은 헛되지 않아 이날 구세주가 마르틴을 찾아왔고, 마르틴은 구세주를 대접했다는 것을 알았다.

두 노인

1

두 노인이 예루살렘으로 성지 순례를 떠났다. 한 사람은 예핌 타라스이치 쉐베로프라는 노인으로 부자였고, 다른 사람은 예리세이 보드료프라는 노인으로 돈이 그렇게 많지 않았다.

예핌은 고지식한 농부로 보드카도 마시지 않았고, 담배도 피우지 않았으며 코담배조차 쓰지 않았다. 그는 태어나서 욕설을 한 적이 없었고, 모든 일에 엄격하고 깐깐한 성격이었다. 예핌은 두 번이나 마을의 반장을 지냈는데, 두 번 다 1코페이카의 오차도 없이 완벽하게 일을 처리했다. 그는 식구가 많았는데, 두 아들 외에도 장가를 든 손자까지 3대가 함께 살고 있었다. 예핌은 나이가 70세인데도 허리가 굽지 않았고 이제야 턱에 흰 수염이 나기 시작해서 얼핏 보기만 해도 건강한 노인임을 알 수 있었다.

한편, 예리세이는 젊어서는 목수로 살았으나 나이를 먹은 뒤로는 집에서 꿀벌을 치면서 살고 있었다. 그에게도 역시 두 아들이 있는데, 큰아들은 멀리 돈벌이를 하러 떠나 있었고 둘째 아들은 집안일을 돕고 있었다. 예리세이는 성품이 착하고 명랑한 노인으로 살림이 넉넉한 편은 아니었으나 보드카도 마시고 담배도 피웠다. 예리세이는 노래 부르기를 좋아했으며 집안 식구들이나 이웃들과도 사이좋게 지냈다. 예리세이는 작달막한 키에 얼굴이 거무스름한 농부로 곱슬한 턱수염에 자신과 같은 이름의 옛 예언자 예리세이처럼 머리가 벗겨졌다.

두 노인은 이미 오래전부터 함께 성지 순례를 떠날 약속을 했으나 언제나 바빠 약속을 이행하지 못하고 있었다. 일하나가 끝나면 곧 다른 일이 기다리고 있었다. 손자의 결혼식이 끝나 조금 쉬는가 했더니 둘째 아들이 군대에서 돌아왔다. 그런가 하면 이번에는 새로 집을 지어야 할 형편이었다. 어느 축제일에 두 노인은 우연히 만나 통나무 위에 나란히 걸터앉았다. 예리세이가 먼저 말을 꺼냈다.

"성지 순례를 언제 떠날 건가?"

예핌은 얼굴을 찡그리며 대답했다.

"조금만 더 기다려야겠어. 올해는 자꾸 일이 꼬인단 말이야. 집 짓는 공사를 시작했을 때는, 100루블이면 될 것 같았는데 벌써 300루블이나 들였건만 아직도 끝이 보이지 않으니, 아무래도 여름까지 갈 모양이야. 주님의 뜻이라면 올 여름에는 떠나게 되겠지."

예리세이가 말했다.

"그렇게 미루기만 하는 건 좋지 않아. 지금이 봄이라 아주 기회가 좋은데…."

"그렇지만 일을 벌여놓고 어떻게 가나?"

"아니, 자네 집에는 그렇게 일을 맡을 만한 사람이 없나? 큰아들에게 맡기면 다 알아서 할 것 아닌가?"

"알아서 하기는, 무슨…. 큰아들이라고 어디 믿을 수가 있어야지."

"그렇지 않아. 우리는 이제 갈 날이 멀지 않았고 뒤에 남은 자식들은 우리가 없어도 다 잘해 나갈 거야. 자네 아들도 지금부터 일을 배워야 해."

"그렇기는 하지만, 나는 반드시 내 손으로 끝내고 싶어."

"나는 모르겠네! 이런 일 저런 일 모두 끝장을 보자면 한이 없어. 한이 없고말고. 바로 얼마 전에도 우리 할멈과 며느리들이 축제일이 다가온다고 빨래를 한다, 집안을 치운다며 난리라도 난 것처럼 소란을 피우더군. 그런데 영리한 우리 큰며느리가 '우리가 일을 끝낼 때까지 축제일이 기다리지 않고 빨리 다가오니까 좋군요. 아무리 애를 써도 일을 끝낼 수는 없으니까요.'라고 말하더군."

예핌은 생각에 잠겼다.

"그런데 나는 그 공사에 여간 돈을 처넣은 게 아니야. 먼 길을 떠나는데 빈손으로 갈 수도 없고, 적어도 100루블은 가지고 가야 되지 않겠나?"

예리세이는 웃음을 터뜨렸다.

"자네, 그런 소리 하다간 벌받네. 내게 비하면 자네 재산은 10배는 되는데, 얼마 안 되는 돈 때문에 푸념을 하다니.

100

그러나저러나 언제 떠날 것인지 날짜를 정하게. 내게 돈은 없지만 여비 정도는 마련할 수 있어."

예픾도 웃으며 말했다.

"야, 대단한 부자로군. 어디서 그 돈을 마련할 텐가?"

"집 안을 모두 뒤지면 얼마쯤 나올 테고, 모자라는 것은 통나무 벌통 몇 개만 팔면 될 거야."

"팔아버린 벌통에서 수확이 많으면 속이 상할 텐데."

"속이 상해? 그런 말은 하지 말게. 이 세상에는 죄 짓는 일을 빼고는 속상할 일이 하나도 없어. 영혼보다 더 소중하고 귀한 것은 없으니까"

"그보다도 영혼의 질서가 잡히지 않으면 마음이 더 불편할걸. 어쨌든 약속한 것이니까 되도록 빨리 떠나기로 하지."

2

예리세이의 설득에 밤새도록 고심한 예핌은 이튿날 아침, 예리세이에게 와서 말했다.

"그럼 떠나세. 자네 말대로 인간이 사는 것도 죽는 것도 모두 주님의 뜻이니 아직 살아서 기운이 있는 동안에 갔다 오자고."

그로부터 일주일 후 두 노인은 떠날 준비를 끝냈다. 예핌은 돈이 많았으므로 100루블은 여비로 간직하고, 200루블은 늙은 아내에게 맡겼다. 예리세이도 준비를 갖추었는데 밖에 놓은 통나무 벌통 중 열 개를 옆집 주인에게 팔아 70

루블을 마련했다. 나머지 30루블은 집 안 구석구석을 뒤지고 가족들에게 조금씩 거두었다. 그의 늙은 아내는 자기의 장례비용으로 쓰게 하려고 모아두었던 돈을 모두 내놓았고, 며느리도 자기가 가지고 있던 돈을 내놓았다.

예픔은 집안일을 모두 큰아들에게 맡겼다. 어디서 얼마만큼의 풀을 베고, 거름은 어디로 운반하며 공사는 어떻게 마치고 지붕은 어떤 모양으로 올려야 하는지 등을 하나도 빠뜨리지 않고 일렀다. 그러나 예리세이는 아내에게, 팔아버린 통나무 벌통에서 깐 애벌레는 따로 모았다가 반드시 옆집 주인에게 건네주라고 일렀을 뿐, 집안일에 대해서는 한마디도 하지 않았다. 예리세이는 일하는 사람이 자기 나름대로 알아서 처리하기 때문에 각자 좋을 대로 하면 된다는 생각이었다.

두 노인은 모든 준비를 끝냈다. 식구들은 과자를 굽고 자루를 만들었으며 새 각반을 마름질하고 장화를 새로 마련했다. 떠나는 날 아침, 식구들은 동구 밖까지 나와 작별을 고했고 두 노인은 마침내 성지 순례의 길에 올랐다.

예리세이는 들뜬 마음으로 첫발을 내디디며 마을에서

점점 멀어지자 집안일 같은 것은 모두 잊어버렸다. 예리세이가 바라는 것은 여행하는 동안 친구의 마음에 들도록 하는 것, 누구에게나 언짢은 말을 삼가는 것, 즐거운 마음으로 목적지에 도착하는 것, 여행을 끝내고 무사히 집으로 돌아오는 것뿐이었다. 예리세이는 길을 걸으면서도 계속해서 속으로 기도문을 외우고, 자기가 알고 있는 성자의 이야기를 생각했다.

또한 그는 도중에 누구와 동행하게 되거나 여인숙에 묵을 때는 어떻게든 살뜰하게 대하여, 하느님께서 가르쳐주신 말씀을 전하도록 하겠다고 다짐했다. 예리세이는 길을 걸으면서도 언제나 기쁜 마음이었는데 다만 그로서도 도저히 마음대로 안 되는 일이 한 가지 있었다. 바로 코담배를 끊어보려고 일부러 쌈지를 집에 두고 왔는데 그것이 생각나서 견딜 수 없다는 것이다. 결국 도중에 다른 사람에게 코담배를 얻어 친구에게 피해가 안 가도록 슬쩍 뒤처져서 코담배 냄새를 맡곤 했다.

예핌 타라스이치도 기분이 좋은 듯 기운차게 걸어갔다. 나쁜 짓을 하나도 하지 않았고, 쓸데없는 말도 지껄이지 않았으나 마음속은 편치 않았다. 자기가 아들에게 일러줄 것을 빠뜨리지는 않았는지, 자기가 지시한 대로 아들이 잘하고 있을지 걱정되어서 그만 당장에라도 돌아가서 모든 것을 자기 손으로 해버리고 싶은 충동이 일어나는 것이었다.

3

　일주일 동안 쉬지 않고 걸은 두 노인은 집에서 가지고
온 신발이 다 닳아져서 새 신을 사야 할 무렵 마침내 우크
라이나에 도착했다. 집을 떠나니 모든 것을 돈으로 해결해
야 해서 걱정이었는데 우크라이나로 접어들자 모두 다투어
두 노인을 자기 집으로 데려가려고 했다. 그들은 잠을 재워
주고 음식을 대접하고도 돈을 받지 않았을 뿐만 아니라 여
행 도중에 먹으라고 자루 속에 빵과 과자를 넣어주었다.

　이렇게 두 노인은 가벼운 마음으로 700베르스타의 길을
걸어 흉년이 든 고장에 이르렀다. 마을 사람들의 이야기에

따르면 지난해에 곡식이 하나도 영글지 않았다고 했다. 부자도 양식을 마련하기 위해 가진 물건들을 팔아버렸고, 중산층은 빈털터리기 되었으며 가난뱅이는 다른 지방으로 가거나 구걸을 하거나 굶은 채로 하루하루를 간신히 버티고 있는 형편이었다. 겨울 동안은 밀기울과 명아주로 끼니를 이었다고 한다.

어느 날, 두 노인은 작은 마을에 이르러 빵을 15근가량 사고 하룻밤 묵은 다음, 동이 트기 전에 길을 떠났다. 햇볕이 뜨겁게 내리쬐기 전에 조금이라도 더 걷기 위해서였다. 10베르스타쯤 걸어 어떤 개울가에 다다른 그들은 그곳에서 다리를 펴고 앉아 찻잔에 물을 떠서 입을 축여가며 빵을 배불리 먹고 신을 갈아 신었다. 이렇게 앉아서 한참을 쉬는 동안 예리세이가 담배쌈지를 꺼내자 예핌이 그것을 보고 한마디 했다.

"아직도 그 버릇을 고치지 못했나?"

예리세이는 어쩔 수 없다는 듯이 손을 내저으며 대답했다.

"나는 죄악에 빠져버렸어. 이것만은 도저히 어쩔 수 없네."

두 노인은 일어나 다시 길을 재촉했는데 한참을 걸어가

니 큰 마을이 있었고, 그 마을을 완전히 벗어났을 때는 벌써 햇볕이 뜨거울 정도로 내리쬐고 있었다. 예리세이는 너무나 지쳐서 잠시 쉬고 물도 한 그릇 마시고 싶었으나 예핌이 걸음을 멈추려고 하지 않아 그 뒤를 따라가느라 숨이 막힐 지경이었다.

"물 한 모금만 마셨으면…"

"나는 괜찮으니 마시지 그러나."

에핌의 말에 예리세이는 걸음을 멈추고 이렇게 말했다.

"그럼 나를 기다리지 말게. 나는 저 농가에 들어가서 물을 얻어 마시고 곧 뒤따라가겠네.

"그러지."

예핌과 헤어져 농가가 있는 쪽으로 다가가니 석회를 바른 작은 집이 있었다. 아래쪽은 까맣게 되고 윗부분만 하얀데 오랫동안 내버려 두었는지 여기저기 칠이 벗겨지고 지붕마저 한쪽이 내려앉아 있었다. 예리세이가 뒷문으로 들어가다 얼핏 보니 담장 밑에 한 사나이가 드러누워 있었다. 그 사나이는 마른 체구에 턱수염도 없었으며 외투 자락은 우크라이나 식으로 바지 속에 넣고 있었다. 아마도 시원

한 그늘을 찾아서 누워 있었던 모양이었으나 지금은 햇볕이 온통 그를 내리비치고 있었다. 그런데 사나이는 드러누운 채 잠자고 있지 않았다. 예리세이가 물을 좀 얻어 마실 수 없겠느냐고 말을 걸었으나 사나이는 아무런 대답도 하지 않았다.

'천성이 꽤 무뚝뚝한 사나이인 모양이군.'

예리세이가 문가로 다가가자 집 안에서 어린아이의 울음소리가 들려왔다. 예리세이는 가까이 다가가서 문의 쇠고리로 덜컹덜컹 소리를 내면서 사람을 불렀다.

"실례합니다."

그러나 아무 대답이 없었다.

"여보세요, 아무도 안 계십니까?"

하지만 아무리 소리쳐도 안에서는 인기척이 없었다. 할 수 없이 예리세이가 돌아서려고 하는 그때, 문 너머에서 누군가의 신음이 들렸다.

'무슨 변고가 생긴 게 아닐까? 어디 한번 들어가보자.'

예리세이는 일단 집 안으로 들어가기로 마음먹었다.

4

예리세이가 손잡이를 돌려보니 문은 잠겨 있지 않았다. 문을 열고 복도에 들어서자 방으로 통하는 문이 열려 있었는데 오른쪽에는 난로가, 정면의 한쪽 구석에는 성상과 테이블과 의자가 놓여 있었다. 의자에는 속옷 바람의 노파가 앉아 테이블 위에 머리를 올려놓고 있었고 그 옆에는 몹시 야위고 백지장 같은 얼굴의 사내아이가 노파의 옷소매를 잡아당기며 칭얼거리고 있었다.

방 안에서는 숨이 막힐 듯한 고약한 냄새가 풍겨서 자세히 보니, 마룻바닥 위에 한 여자가 엎어진 채 쓰러져 있었는데, 이쪽을 보려고도 하지 않고 그저 목구멍에서 가래 끓는 소리만 내면서 한쪽 다리를 오므렸다 폈다 할 뿐이었다. 괴로운 듯 이리저리 돌아 눕는 여자의 몸에서는 코를 찌르는 악취가 풍기고 있었다. 여자는 대소변을 가리지 못하는 듯했는데 아무도 그 뒤치다꺼리를 해주지 않는 모양이었다. 노파가 문득 눈을 들어 낯선 침입자를 바라보았다.

"누구요, 무슨 볼일이 있어서 들어왔소? 누군지 모르겠지만 여기엔 아무것도 없으니…"

예리세이는 가까이 다가가서 말했다.

"할머니, 물 좀 얻어 마실 수 없을까요?"

"아무것도 없다고 그랬잖소. 물을 떠 올 사람도 없으니 가서 떠 마셔요"

"어떻게 된 겁니까? 할머니, 당신네 집에 성한 사람은 하나도 없나요? 이 아주머니를 돌봐줄 사람도 없어요?"

예리세이가 물었다.

"아무도, 아무도 없어요. 뒷문에서는 사람이 하나 죽어가고 있지. 우리는 여기서 이렇게…"

사내아이는 낯선 사람을 보고 잠깐 울음을 그쳤지만 할

머니가 말하는 것을 보자 다시 소매를 잡아당기며 "빵 줘. 할머니 빵!"하면서 울기 시작했다.

예리세이가 다시 할머니에게 물어보려고 하는데 밖에 누워 있던 사나이가 비틀거리며 방 안으로 들어왔다. 사나이는 벽을 의지하며 걸음을 옮겨 의자에 앉으려고 했으나 그러지도 못하고 출입문 어귀의 한쪽 구석에 기대듯 쓰러졌다. 그러고는 일어나려고도 하지 않고 말을 했는데 한마디 하고는 말을 끊었다가 숨을 몰아쉬면서 다시 말을 이어갔다.

"우리 모두 전염병에 걸린 데다가 흉년까지 겹쳐 저놈도 굶어 죽게 되었소."

사나이는 턱으로 사내아이를 가리키며 울기 시작했다. 예리세이는 등에 짊어진 자루를 벗어 바닥에 내려놓았다가 다시 의자 위에 올려놓은 후 자루를 열고 빵을 꺼내 나이프로 한 조각 잘라 농부에게 주었다. 농부는 그것을 받으려고 하지 않고 사내아이와 여자를 가리켰다. 빵 냄새를 맡은 사내아이는 손을 뻗어 두 손으로 움켜쥐더니 입과 코를 거기에 처박았다. 그러자 이번에는 다른 쪽 구석에서 여자아이가 기어나와 물끄러미 빵을 바라보았다. 예리세이는 그 아이에게도 한 조각을 잘라 주었다. 그리고 또 한 조각을 잘라서 노파에게도 주었더니 노파는 그것을 받아 우물우물 먹기 시작했다.

"물을 마셨으면 좋겠는데…."

예리세이는 우물이 어디 있는지 물어보았고 노파가 가르쳐준 곳에 가보니 두레박이 있었다. 예리세이는 물을 떠다가 이들에게 먹였다. 아이들과 노파는 물을 마셔 가며 빵을 먹었지만 사나이는 위장이 나쁜지 아예 입에 대려고 하지 않았다. 여자는 일어나려고도 하지 않고, 전혀 정신을 차리지 못한 채 그냥 나무 침대 위에서 몸부림만 치고 있었다.

예리세이는 곧바로 가게에 가서 옥수수, 소금, 밀가루, 버터 등을 사 온 다음에 도끼를 찾아 장작을 패서 페치카에 불을 지폈다. 여자아이가 거들었다. 예리세이는 수프와 보리죽을 만들어 식구들에게 먹였다.

5

주인 남자는 물론 할머니와 아이들도 수프와 보리죽을 먹었다. 아이들은 그릇 바닥까지 싹싹 핥아먹고 나서 서로 껴안은 채 잠들어버렸다. 농부와 할머니는 왜 이렇게까지 되었는지 이야기하기 시작했다.

"우리는 그다지 넉넉한 살림살이가 아닌 데다가 지난해에는 흉년으로 수확할 것이 아무것도 없어서 기근이 든 가을부터는 전에 남겨두었던 것을 내내 꺼내 먹었습니다. 그러다가 먹을 것이 떨어지자 이웃 사람들과 친절한 분들의 신세를 지게 되었습니다. 그들도 처음에는 기꺼이 도와주다가 점점 거절하더군요. 어떤 사람은 도와주고 싶은 마음이 태산 같지만 아무것도 없다고 했고, 또 저희도 한두 번이 아니어서 계속해서 손을 벌리기가 여간 민망하지 않았습니다. 이 사람 저 사람에게서 돈과 밀가루와 빵을 온통 꿔 썼으니 말입니다."

농부는 계속 말했다.

"저는 일거리를 찾아 돌아다녔으나 마땅한 일이 없었습니다. 모두가 입에 풀칠을 하기 위해 일거리를 찾아다니는 형편이니, 어쩌다 하루 일을 했다고 해도 그다음 이틀은 또 일거리를 찾아 헤매지 않으면 안 되었습니다. 그래서 어머니와 딸이 이웃 마을로 구걸하러 떠났는데 모두 빵이 없으니까 어디 변변한 먹을거리가 얻어지나요? 그래도 그때는 굶어 죽지 않을 정도로 입에 풀칠을 했습니다. 그래서 그럭저럭 햇보리가 날 때까지 연명할 수 있겠다고 생각했는데, 글쎄 금년 봄부터는 동냥을 주는 집이 하나도 없는 데다 이렇게 전염병까지 퍼지지 않았습니까. 형편은 날로 어려워져서 하루 먹으면 이틀은 굶게 되어 마침내 이름 모를 풀까지 뜯어먹게 되어 그 풀 때문인지 아니면 무슨 다른 이유 때문인지 아내가 병으로 쓰러지고 말았습니다. 아내는 앓아 누워 있는데 저에게는 힘이 없으니 암담한 형편입니다."

노파가 말을 이었다.

"나 혼자 정신없이 하루 종일 구걸하러 돌아다녔지만 아무리 돌아다녀도 동냥을 주지 않아요. 지치고 힘도 다해서 그만 주저앉아버렸어요. 손녀도 몸이 약해진 데다가 이제는 겁까지 먹고 근처에 심부름을 보내도 가려고 하지 않고 구석에 처박혀서 꼼짝도 않고 있어요. 어젠 이웃집 아주머니가 무슨 볼일 때문에 왔다가 모두 굶어서 쓰러져 있는 것을 보고는 깜짝 놀라 돌아서서 나가버리지 뭡니까. 그 아주머니의 남편은 집을 나가고 어린아이들과 굶주리는 형편이라 그럴 만도 하죠. 그래서 마냥 이렇게 드러누워 하느님이 부르시기를 기다리고 있었습니다."

두 사람의 이야기를 들은 예리세이는 그날로 친구를 따라 성지 순례를 하러 간다는 생각을 버리고 그 집에 머무르게 되었다.

이튿날 아침, 예리세이는 일어나자마자 마치 자기가 이 집의 주인이라도 된 듯이 서둘러 일하기 시작했다. 노파와 둘이서 밀가루를 반죽하고 페치카에 불을 지피고 여자아이와 그들이 쓸 만한 물건을 찾아 근처를 돌아다녔지만 아무것도 없었다. 모두 먹을 것과 바꾸었던 것이다. 연장도 없고 입을 옷가지도 없는 형편이어서 예리세이는 꼭 필요한 물건을 마련하기 시작했다. 손수 만들기도 하고 밖에 나가서 사 오기도 했다.

이렇게 하여 예리세이는 그곳에서 사흘을 묵게 되었다. 어느새 사내아이는 기운을 찾아 가게에 심부름도 가고 예리세이를 잘 따랐으며 여자아이는 아주 명랑해져서 무슨 일이든 거들려고 나섰다. 줄곧 "아저씨, 아저씨!" 하며 예리세이의 꽁무니를 졸졸 따라다녔다. 노파도 일어나 이웃집에 드나들게 되었고, 농부도 벽을 의지하여 걷게 되었다. 드러누워 있는 사람은 그의 아내뿐이었으나 그녀도 사흘째 되는 날에는 정신을 차리고 무엇을 좀 먹었으면 좋겠다고 했다. 예리세이는 생각했다.

'이렇게 오래 묵으려고 생각하지 않았는데, 이제는 그만 떠나야지.'

6

나흘째 되는 날은 바로 축제일 전날이었다. 예리세이는 혼자 마음속으로 생각했다.

'그래, 이 집 식구들과 다 같이 축제전야를 축하하고, 축제 선물로 뭘 좀 사다 준 다음 저녁때 떠나야지.'

예리세아는 또다시 마을에 내려가 우유와 밀가루와 식용유를 사다가 할머니와 둘이서 음식 장만을 했다.

이튿날 아침에는 교회 기도식에 참례하고, 집으로 돌아와 식구들과 함께 맛있는 요리를 먹었다. 이 날은 농부의 아내도 자리를 털고 일어나 집 안을 슬슬 거닐었고, 농부는 수염을 깎고 깨끗한 외투를 입은 다음 마을에서 부자 소리를 듣는 사람을 찾아갔다. 왜냐하면 그 부잣집 주인에게 농사지을 밭과 풀밭을 저당 잡혔기 때문에 햇보리가 나기까지 그 밭들을 좀 쓰게 해 달라고 청하기 위해서였다. 그러나 저녁때 농부는 어깨를 늘어뜨리고 돌아와 눈물을 흘렸다. 부잣집 주인이 인정사정없이 돈을 가지고 오라고 했다는 것이다. 예리세이는 다시 생각에 잠겼다.

'이 사람들은 앞으로 어떻게 살아가야 할까? 다른 사람들은 모두 풀을 베러 가는데, 이 사람들은 풀밭이 저당 잡혀 있어 그대로 길거리에 나앉아야 한다. 쌀보리가 익으면 남들은 추수를 할 텐데 이 사람들에게는 아무런 희망이 없다. 밭은 이미 부잣집에 넘겼다고 했으니까 내가 가버리면 이 사람들은 전처럼 또 길에서 헤매야만 한다.'

예리세이는 이런저런 생각에 그날 저녁에도 떠나지 못하고 이튿날 아침으로 출발을 미루게 되었다. 그는 마당에 나가 기도를 마친 다음 들어와 잠을 청했으나 좀처럼 잠이 들지 못했다. 돈도 많이 써버렸고 시간도 많이 허비했기 때문에 한시라도 빨리 떠나야 했지만 불쌍한 가족을 두고 차마 떠날 수가 없었기 때문이다.

처음부터 끝까지 도와준다는 것은 불가능한 일이었다. 처음에는 물이나 길어다 주고 빵이나 한 조각씩 먹일 생각이었는데 이렇게까지 되었다. 만일 밭을 찾아주고 나면 다음에는 아이들에게 우유를 먹이도록 젖소도 사주어야 하고 농부에게는 보릿단을 운반할 말도 사주어야 할 것이다.

'야, 예리세이. 너 제대로 말려든 모양이구나. 닻을 던져놓고는 도대체 뭐가 뭔지 모르게 된 모양이군'

예리세이는 일어나 베개로 삼았던 긴 외투를 더듬어 담배쌈지를 꺼내고 담배를 한 줌 쥐어 머리를 개운하게 해보려 했으나 어찌 된 일인지 아무리 생각을 거듭해도 이렇다 할 계책이 떠오르지 않았다. 출발하지 않으면 안 되었지만 농부 가족들이 불쌍해서 견딜 수가 없으니 도리가 없었다. 그는 다시 외투를 둘둘 말아 베개로 삼고 벌렁 드러누웠다. 조용히 누워 있는 동안 어느새 닭이 울었지만 이윽고 깊은 잠에 빠져버렸다.

그때 갑자기 누가 부르는 것 같은 기분이 들어서 일어나보니, 떠날 채비를 한 자신이 등에 자루를 짊어지고 손에는

120

지팡이를 든 채 문을 나서려는 참이었다. 문은 활짝 열려 있었으므로 그냥 걸어서 나가기만 하면 되는 것이다. 그런데 이게 웬일인가. 여자아이가 그에게 매달리며 "아저씨, 아저씨, 빵 좀 주세요." 하고 애원하는 것이 아닌가. 창문으로는 노파와 농부가 자기를 바라보고 있었다.

예리세이는 잠에서 깨어 중얼거렸다.

"내일은 쌀보리밭과 풀밭을 찾아주자. 그리고 말도 사고, 햇보리가 나기까지 먹을 밀가루와 아이들에게 우유를 먹일 젖소도 사주어야겠다. 그렇지 않으면 고생하며 주님을 찾아간다 해도 내 안에 있는 주님을 잃어버리게 된다. 어려운 사람을 도와야지."

예리세이는 이렇게 마음을 다지고 아침까지 단잠을 잤다. 그는 아침에 일찍 일어나자마자 곧장 부자 농부를 찾아가서 쌀보리밭과 풀밭 대금을 치렀다. 돌아가는 길에 낫을 사서 농부에게 풀을 베도록 하고, 자기는 마을을 돌아다니다가 주막집 주인이 수레와 함께 말을 판다는 말을 듣고 값을 흥정하여 샀다. 예리세이는 밀가루도 한 부대 사서 짐수레에 실은 다음에 이번에는 젖소를 사러 갔다. 이때 우크라이나 여인 두 명이 예리세이의 뒤를 따르게 되었는데 이 여인들은 걸으면서 열심히 이야기를 주고받았다. 우크라이나 어로 말하고 있었지만 예리세이는 대강 알아들을 수 있어서 귀를 기울여보니 바로 자기의 이야기였다.

"처음에는 어떤 사람인지 전혀 몰랐다는 거예요. 그냥 성지 순례자라고 생각했대요. 그런데 물을 마시러 들어왔다가 그대로 눌러앉아버렸다지 뭐예요. 오늘도 주막집에서 짐수레하고 말을 샀다니 요즘 세상에 그런 사람이 어디 있어요? 우리 그 집에 가서 구경하지 않을래요?"

예리세이는 여자들이 자기를 칭찬하고 있다는 것을 알고는 젖소를 사는 일을 포기하고 주막으로 들어가 말값을 치렀다. 그러고는 말에 수레를 맨 다음 밀가루를 싣고 농부의 집으로 돌아왔다. 문 앞에 이르러 말을 세우고 마차에서 내리자 농부네 식구들은 모두 깜짝 놀랐다. 농부가 문을 열면서 물었다.

"아니, 그 말은 어떻게 된 겁니까?"

"샀지. 마침 값이 쌌거든. 오늘 밤 여물을 잘 먹여요. 이 자루 좀 내려주겠나?"

농부는 예리세이의 말에 밀가루 부대를 내려 광에 갖다 놓은 다음 풀을 한 아름 베어다가 말구유에 넣어주었다.

이윽고 농부네 식구들은 방 안에서 자고 예리세이는 밖에서 자기로 했는데 그것은 저녁이 되기 전에 자신의 물건을 내다놓았기 때문이었다. 그리하여 모두가 깊은 잠에 빠지자 예리세이는 긴 외투를 걸친 다음에 자루를 짊어지고 성지 순례 길을 떠났다.

7

예리세이가 5베르스타쯤 갔을 때 날이 밝았다. 예리세이는 나무 밑에 앉아 자루를 열고 남은 돈을 세어보았다. 17루블 20코페이카가 남아 있었다.

'이 돈으로 바다를 건너 긴 여행을 할 수는 없다. 주님을 위한답시고 공연히 구걸하다 자칫 잘못이라도 저지르면 큰일 아닌가. 예찜 영감이 내 대신 촛불을 밝혀주겠지. 아무래도 나는 죽기 전에는 성지 순례를 못할 모양이군. 하지만 감사하게도 주님께서는 모든 것을 굽어 살피시니 나를 용서해주시겠지.'

자리에서 일어나 자루를 짊어진 예리세이는 성지 순례를 포기하고 되돌아갔다. 그는 농부가 살고 있는 마을 사람들의 눈을 피하려고 멀리 돌아갔다. 예리세이는 얼마 후 무사히 집에 도착했다. 목적지를 향해 떠날 때는 힘이 들어 예핌을 뒤쫓아가는 것이 고작이었는데, 집을 향해 걷기 시작하니 마치 하느님께서 도와주시기라도 하는 것처럼 아무리 걸어도 피곤하지 않아서 나들이를 가는 기분으로 지팡이를 휘두르며 하루에 70베르스타씩 걸을 정도였다. 예리세이가 집에 돌아왔을 때 식구들은 농사일을 마치고 돌아온 참이었다. 가족들은 예리세이의 귀가를 기뻐하며 여행은 어땠는지, 어쩌다가 예핌과 떨어지게 되었는지, 왜 목적지까지 가지 않고 돌아왔는지 등 여러 가지를 물었으나 예리세이는 그에 대해서는 자세히 말하지 않았다.

"아마도 주님의 보살핌이 없었던 모양이야. 가는 도중에 돈을 잃어버렸고 예핌 영감도 놓쳐버렸지. 그래서 끝까지 갈 수가 없었어. 아무래도 내 잘못인 모양이니 너무 상심하지 마라."

그러고 나서 아내에게 남은 돈을 건네주었다. 예리세이

가 집안일에 대해 여러 가지로 물어보니 모든 것이 순조로 웠고 사고도 없었으며 식구들도 아무런 불평 없이 오손도 손 평화롭게 지냈다고 했다.

한편, 예핌네 집에도 예리세이가 돌아왔다는 소식이 전해졌는지 그에게서 예핌의 소식을 들으려고 찾아왔다. 예리세이는 그들에게도 비슷한 말을 들려주었다.

"그 영감은 아무 탈 없이 잘 갔어. 나하고는 베드로 축제일 사흘 전에 헤어졌지. 나는 바로 뒤쫓아가려고 했는데 그때 그만 돈을 잃어버려서 되돌아오게 된 거야."

예핌네 가족은 깜짝 놀랐다. 어리석지도 않은 노인이 성지 순례를 떠났다가 목적지에 닿기도 전에 돈을 잃고 돌아오다니, 어쩌다가 그런 봉변을 당했을까 하고 고개를 갸우뚱했으나 차차 그 일을 잊어버렸다. 예리세이도 그 일을 잊어버리고 다시 일을 시작했다.

아들과 함께 겨울에 쓸 땔나무를 준비했으며 아낙네들과 함께 밀을 빻았다. 또 곳간 지붕을 새로 얹고 꿀벌의 월동준비를 했으며 열 개의 벌통을 새로 간 애벌레와 함께 옆집에 넘겨주었다. 그의 아내는 돈을 받고 판 벌통에서 깐

126

애벌레를 속이려고 했으나 예리세이는 어느 통은 소용없게 되고 어느 통에서는 애벌레를 얼마나 깠는지 모두 알고 있어서 열 무더기가 아닌 열일곱 무더기를 옆집에 주었다. 가을걷이가 모두 끝나자 예리세이는 아들을 내보내 돈을 벌게 하고 자신은 계속 집에 있으면서 신을 만들고 벌통으로 쓸 통나무 속을 파냈다.

8

예리세이가 병자가 있는 농가에서 묵던 날, 예핌은 하루 종일 친구를 기다렸다. 그는 혼자서 너무 많이 가지 않고 길가에서 한참 기다리다가 한잠 자고 깨어나 다시 우두커니 기다렸으나 그는 오지 않았다. 눈을 크게 뜨고 주위를 둘러보았지만, 이미 해는 저물었고 예리세이는 끝내 나타나지 않았다.

'이거 내가 잠자는 사이에 모르고 그대로 지나쳐 간 게 아닐까? 혹시 다리가 아파 남의 짐수레를 얻어 타고 지나가면서 나를 보지 못한 게 아닐까? 하지만 보이지 않을 리가 없을 텐데⋯ 여긴 허허벌판이어서 눈앞이 다 보이는걸. 내가 다시 되돌아가면 오히려 더 크게 어긋날지도 몰라. 그 냥 계속 가는 게 좋겠군. 여관에서는 만나게 되겠지.'

다음 마을에 도착하자 예핌은 반장에게 혹시 이러이러 한 노인이 오거든 자기가 있는 여관으로 데려다 달라고 부탁해놓았다. 그러나 예리세이는 그 여관에도 나타나지 않았다. 다시 길을 떠난 예핌은 만나는 사람마다 이러이러한 대머리 영감을 보지 못했느냐고 물어보았으나 보았다는 사람은 아무도 없었다. 예핌은 예리세이에게 아무런 일이 없기를 바라며 혼자 계속 걸어갔다.

'그렇지. 오데사 근처가 아니면 배 안에서 만나게 될 거야.'

그는 예리세이를 더 이상 생각하지 않기로 했다. 예핌은 도중에 한 순례자와 동행하게 되었는데 그 순례자는 사제복에 모자까지 쓰고 머리를 길게 기르고 있었다. 그는 아토스에는 갔고 지금 두 번째로 예루살렘에 간다고 했다. 예핌은 여관에 묵으며 그와 여러 가지 이야기를 나눈 끝에 동행하게 되었다.

그들은 무사히 오데사에 도착했다. 두 사람이 배를 기다리는 사흘 동안 예핌은 예리세이에 대해 오가는 사람들에게 물어보았으나 역시 보았다는 사람은 아무도 없었다.

예핌은 외국 여행 허가증을 받았는데 그 값은 5루블이었으며 왕복 뱃삯으로 20루블을 치른 다음 빵과 청어 등을 샀다. 이윽고 배의 선적도 끝나서 성지 순례자들은 본선으로 옮겨 탔으므로 예핌도 그 순례자와 함께 배에 올랐다.

닻이 올려지고 배는 부두에서 출발하여 큰 바다로 나갔다. 그날은 무사히 항해했는데 저녁때가 되자 바람이 일고 비가 쏟아지면서 배가 흔들리기 시작하더니 바닷물이 갑판을 휘저었다. 배에 탄 사람들이 수군거리고 여자들 중에는 큰 소리로 울부짖는 사람도 있었으며 남자들 중에서도 겁이 많은 사람은 안전한 장소를 찾아 배 안을 이리저리 헤맸다. 예핌도 겁이 나지 않는 것은 아니었으나 겉으로 드러내지는 않았다. 배에 오르자마자 탐보프의 농부들과 함께 마룻바닥에 앉은 자세 그대로 그날 밤과 다음 날을 꼬박 보냈다.

사흘째가 되자 겨우 바람이 잦고, 닷새째에 콘스탄티노플에 도착했다. 그곳에서 잠깐 내려 터키에 점령되어 있는 성 소피아 대성당을 구경하러 가는 순례자들도 있었으나 예핌은 배 안에 남아 있었다. 다만 빵을 조금 샀을 뿐이었다. 배는 꼬박 하루 밤낮을 머무른 뒤에야 다시 큰 바다로 나와 스미르나 항에 기항한 다음에 알렉산드리아 항구에 들렀다가 마침내 목적지인 야파에 닻을 내렸다. 야파에서는 순례자들이 모조리 내려 성지 예루살렘까지 70베르스타의 길을 걸었다. 배에서 내릴 때 사람들은 아찔함을 겪어야 했다. 배의 높은 갑판에서 밑에 있는 보트로 뛰어내려야 했는데 보트가 계속 흔들려서 잘못하면 바다에 빠질 위험이 있었기 때문이다. 실제로 그중 두 사람이 바다에 빠졌으나 어쨌든 모두 무사히 뭍에 올랐다.

예핌은 사흘째 걸어서 점심때쯤 예루살렘에 도착했다. 변두리의 러시아인 숙소에 여장을 풀고 여행 허가장 뒷면에 사인을 받은 다음 식사를 끝내고 여관에서 만났던 순례자와 둘이서 성지 순례의 길을 떠났다. 가장 중요한 그리스도 무덤의 참배는 아직 허가가 나지 않았기 때문에 천주교 수도원을 참배하러 갔다. 안내하는 사람이 모든 참배자를 안으로 데리고 들어갔는데, 수도원 안은 남자와 여자 자리가 따로 구분되어 있었다. 순례자들이 신을 벗고 둥그렇게 둘러앉자 한 신부가 수건을 들고 나와서 사람들의 발을 닦아 준 다음 입을 맞춰가며 방을 한 바퀴 돌았다. 그 신부는 예핌의 발도 닦아주고 입도 맞추었다. 예핌은 밤 기도와 아침 기도를 드리고 촛불을 올려 돌아가신 부모님께 공양을 드리고 나서 성찬 후에 포도주를 마셨다.

이튿날 날이 밝자, 이집트의 마리아가 칩거했다는 암실로 가서 촛불을 바치고 기도를 드렸으며 아브라함 수도원으로 돌아가 아브라함이 신을 위해 자식을 찔러 죽이려고 한 사베크의 동산도 구경했다. 그리고 막달라 마리아에게 그리스도가 모습을 나타냈다는 성지를 참배하고 주님의 형제 야곱의 교회에도 들렀다.

예핌과 동행한 순례자는 장소를 하나하나 안내하며 여기서는 얼마, 저기서는 얼마라고 희사하는 돈의 액수를 가르쳐주었다. 숙소로 돌아와서 식사를 하고 잠자리에 들려고 했을 때 갑자기 동행한 순례자가 놀라며 자기 옷을 이리저리 뒤지기 시작했다.

"지갑을 도둑맞았어요. 지갑 속에는 10루블짜리 두 장에 잔돈이 3루블 있었는데…."

순례자는 속이 상해서 푸념을 늘어놓았지만, 어쩔 수 없는 일이었다.

9

예핌은 잠자리에 들었으나 문득 마음속에 의심이 생겼다.

'저 순례자는 돈을 도둑맞은 게 아닐 거야. 처음부터 돈이 없었어. 왜냐하면 돈을 희사하는 것을 한 번도 보지 못했으니까. 나에게만 내라고 하면서 자기는 한 푼도 내지 않았어. 그런 데다가 내게서 1루블까지 빌려갔지!'

그러나 예핌은 그렇게 생각하는 자신을 스스로 꾸짖었다.

'내가 왜 사람을 의심하는지 모르겠군. 남을 의심하는 것은 죄악이지. 다시는 이런 쓸데없는 생각은 하지 말자.'

겨우 마음을 가라앉혔다고 생각한 순간 그 순례자가 돈

에만 눈독 들이던 모습, 지갑을 도둑맞았다고 떠들어대던 모습이 자꾸만 머릿속에 떠올랐다.

'저 사람은 정말로 가진 돈이 없었어. 사람들의 눈을 속이기 위해 연극을 하는 거야.'

다음 날 순례자들은 부활 대성당에서 거행되는 기도식에 참배하러 갔다. 그곳은 그리스도의 관을 모신 곳이었다. 순례자는 예핌 곁을 떠나지 않고 계속해서 졸졸 따라다녔다.

성지 순례자들은 러시아인 외에 그리스인, 아르메니아인, 터키인, 시리아인 등 여러 나라에서 온 사람들이었다. 성당에 도착했을 때 예핌도 다른 사람들과 같이 안으로 들어갔다. 한 신부가 안내를 맡고 있었는데 터키인이 파수 보는 곁을 지나 그리스도를 십자가에서 내려 기름을 칠했다는 아홉 개의 큰 촛대에 불을 밝히는 곳으로 안내했다. 신부는 일일이 설명하며 보여주었고 예핌은 촛불을 바쳤다.

그다음 오른쪽 층계를 올라가 그리스도가 못 박혔던 십자가가 세워졌었다는 골고다로 안내되었고, 예핌은 거기서 잠시 기도를 드렸다. 그리고 대지가 지옥까지 갈라진 자리를 구경하고 그리스도의 손발에 못이 박혀졌다는 장소와 그리스도의 피가 아담의 뼈에 뿌려졌다는 아담의 관을 보았다. 또 그리스도가 가시관을 쓸 때에 걸터앉았다는 돌과 그리스도가 채찍질을 당할 때 묶였다던 기둥도 보았다. 예핌은 그리스도의 발에 채워졌다는 두 개의 구멍 뚫린 돌도 구경했다. 안내하던 신부는 그 밖의 다른 것도 보여주려고 했지만 순례자들이 길을 재촉하는 바람에 그리스도의 관이 있는 동굴 쪽으로 따라갔다. 그곳에서는 다른 종파의 의식이 끝나고 러시아 정교의 기도 의식이 시작되고 있었다.

예핌은 어떻게 해서든지 동행한 순례자에게서 떨어지려고 했다. 자꾸만 순례자를 의심하는 마음이 치솟았기 때문이다. 그러나 그 순례자는 잠시도 예핌의 곁에서 떠나려 하지 않았고 그리스도 관 앞에서의 기도 의식에도 같이 참여했다. 두 사람은 되도록이면 관 가까이에 섰으면 좋겠다고 생각했으나 수많은 군중이 몰려들었기 때문에 앞으로 나아가지도 뒤로 물러서지도 못할 형편이 되고 말았다.

예핌은 가만히 서서 안을 바라보며 기도를 드렸는데 때때로 자기의 지갑이 무사한지 더듬게 되었다. 예핌의 마음은 두 갈래로 나뉘었다. 하나는 순례자가 자기를 속이고 있

다는 마음이고 다른 하나는 만약 정말로 순례자가 지갑을
도둑맞은 것이라면 자기는 제발 그런 봉변을 당하지 않기
를 바라는 마음이었다.

10

예핌은 기도를 드리면서 그리스도의 관이 놓인 회당 안쪽에 서른여섯 개의 성화가 타고 있는 곳을 바라보고 있었다. 그는 꼼짝하지도 않고 사람들 너머로 바라보고 있었는데, 성화가 타고 있는 등잔걸이 바로 아래의 맨 앞자리에 농부들이 입는 작업용 외투를 걸친 조그만 노인이 보였다. 그 노인은 머리가 홀떡 벗겨진 것이 예리세이를 꼭 닮았다.

'아니, 예리세이와 똑같잖아. 하지만 예리세이는 아닐 거야. 예리세이가 나보다 먼저 도착했을 리가 없어. 앞의 여객선은 일주일 먼저 떠났다니까 예리세이가 나를 앞지를 수

는 없지. 그리고 나는 순례자들을 하나하나 살펴보았는데 내가 탔던 배에는 없었어.'

예핌이 그렇게 생각하고 있는 동안 조그만 노인은 기도를 시작했고 세 번 머리를 조아렸다. 한 번은 정면의 신을 향해서, 다음에는 양쪽에 서 있는 러시아 정교인들을 향해서 각각 한 번씩 절했다. 노인이 오른쪽으로 얼굴을 돌렸을 때 예핌은 그 얼굴을 뚜렷이 알아볼 수 있었는데 틀림없는 예리세이였다. 거무스름하고 곱슬곱슬한 턱수염, 서리가 내리기 시작한 구레나룻, 게다가 눈썹도 코도 하나에서 열까지 예리세이였다. 예핌은 친구를 찾게 되어 반가운 마음이 들었지만 어떻게 자기보다 먼저 도착했는지 궁금해서 견딜 수가 없었다.

'저 사람, 어떻게 잘도 앞으로 나아갔네. 아마도 누군가 그럴 만한 사람과 친해져서 안내를 받았겠지. 가만있자. 출구에서 저 영감을 붙잡아 이제부터는 같이 다녀야겠군. 그러면 나도 앞으로 갈 수 있을지도 몰라.'

그래서 만일 예리세이를 놓치면 큰일이라고 생각한 예핌은 계속 그쪽에만 시선을 두고 있었다. 이윽고 기도식이 끝나 군중이 술렁거리기 시작했고, 십자가에 입맞춤이 시작되면서 밀고 당기고 하다가 예핌은 그만 옆으로 밀려나게 되었다. 예핌은 잘못하다가는 지갑을 도둑맞을지도 모른다는 생각이 들어 한쪽 손으로 지갑을 움켜잡고 조금이라도 덜 붐비는 자리로 나아가려고 사람들을 헤치기 시작했다.

혼잡한 데를 빠져나온 예핌은 그 근처를 돌아다니며 예리세이를 찾았다. 대성당 안에 있는 여러 암실에서 여러 나라 사람들을 보았는데 도시락을 먹고 음료수를 마시며 책을 읽는 사람도 있었다. 그러나 예리세이는 어느 곳에도 없었고, 숙소로 가보았으나 역시 없었다. 그날 밤 동행한 순례자는 돌아오지 않고 어딘가로 자취를 감추었는데 꾸어 간 1루블도 끝내 돌려주지 않았다. 예핌은 이제 외톨이가 되었다.

이튿날, 예핌은 다시 그리스도의 관을 배례하려고 배 안에서부터 동행한 탐보프에서 온 노인과 함께 갔다. 그곳에서도 예핌은 앞으로 나아가려고 해보았으나 조금도 나아가지 못하고 옆에 남아서 기도를 드리다 문득 앞을 보니 또다시 성화 아래의 그리스도 관 옆에 예리세이가 서 있었다.

예리세이는 제단 앞에 신부처럼 두 손을 벌리고 머리 위에 빛을 받고 서 있었다.

'좋아, 이번에는 놓치지 않는다.'

예핌은 사람들을 마구 헤치며 앞쪽으로 다가갔다. 겨우 앞으로 나섰다고 생각했지만 예리세이의 모습은 보이지 않았다. 그사이에 어디론가 가버린 모양이었다.

사흘째 되는 날, 예핌이 그리스도의 관 옆을 보았더니 가장 눈에 잘 띄는 특별 성좌에 예리세이가 서서 두 팔을 벌린 채 무엇이 보이기라도 하는 듯이 위를 우러러보고 있었다. 이번에도 그의 머리는 빛을 듬뿍 받고 있었다.

'됐어! 이번에는 절대로 놓치지 않는다. 미리 출구에 가서 기다리자. 거기라면 어긋날 리가 없겠지.'

예핌은 밖으로 나가서 오랫동안 우두커니 서 있었다. 반나절을 지키고 서 있었으나 흩어지는 군중 속에서도 예리세이의 모습은 보이지 않았다.

예핌은 예루살렘에서 6주일을 묵으면서 베들레헴과 베다니, 요단강을 비롯해 여러 곳을 가보았다. 또 그리스도의 관 옆에서는 새 외투에 도장을 찍어 받기도 하고(그것은 죽어서 수의로 입게 된다) 요단강의 물을 작은 병에 담기도 하고, 예루살렘의 흙을 조금 떠서 간수하고 성화가 타고 있던 초를 얻기도 했으며, 여덟 군데의 연미사에 이름을 써넣기도 했다. 그러느라고 돈을 모조리 써버려 겨우 집으로 돌아갈 차비만 남게 되었다. 거기서 예핌은 귀로에 올라 야파에 도착한 후 여객선을 타고 오데사까지 와서 그다음부터는 걸어서 집으로 향했다.

11

혼자서 돌아오는데, 집이 가까워짐에 따라 자신이 집을 비운 동안에 가족들이 어떻게 지내고 있는지 걱정이 되기 시작했다.

'1년이나 지났으니 퍽이나 달라졌겠지. 집안을 살 만하게 만드는 것은 평생이 걸리지만, 재산을 없애는 것은 눈 깜짝할 사이거든. 내가 없는 동안 아들놈은 어떻게 집안일을 처리했을까? 봄에 농사일은 시작했을까? 소와 말은 무사히 겨울을 넘겼을까? 새로 지은 집은 내 지시대로 완공되었을까?'

이윽고 예픔은 지난해에 예리세이와 헤어진 마을 근처에 이르렀다. 그 근처 사람들은 몰라볼 만큼 달라져 있었다. 모두 아무런 불편 없이 살아가고 있었던 것이다. 밭의 곡식도 풍성했고 사람들은 넉넉한 생활을 하며 이전의 어려웠던 일 같은 것은 잊은 듯했다. 저녁이 되었을 때 예리세이가 물을 마시러 들어갔던 마을에 이르렀다. 마을에 발을 들여놓기가 무섭게 흰 외투를 입은 소녀가 어떤 집에서 뛰어나왔다.

"할아버지, 할아버지! 우리 집에 들렀다 가세요."

예픔이 그냥 지나치려고 하자 소녀는 생글거리며 옷자락을 붙잡고 마구 집 쪽으로 끌었고, 입구 층계에서는 사내아이를 데리고 나온 여인 역시 손짓해 그를 부르고 있었다.

"할아버지, 집에 들러서 저녁 드시고 가세요. 주무시고 가셔도 좋아요."

예픔은 안으로 들어갔다.

'들어온 김에 예리세이 영감의 일이나 물어볼까? 그때 그 영감이 물을 마시려고 들어간 집이 아마 이쯤 될 거야.'

예픔이 방 안으로 들어가자 여인은 예픔이 어깨에 멘 자루를 내려주고, 손을 씻을 물까지 따라주며 테이블로 안내했다. 그러고는 죽과 우유, 보리 단지를 내놓았다. 예찜은 순례자를 이렇게 대접하니 정말 고마운 일이라고 그 가족들을 칭찬했다. 그러자 여인은 고개를 저으며 이렇게 말했다.

"우리는 순례하시는 분들을 대접하지 않을 수 없습니다. 오래전에 어떤 순례자께서 우리에게 세상이라는 것을 가르쳐주셨으니까요. 우리는 예전에 하느님을 잊은 채 멋대로 살았기 때문에 벌을 받아 모두가 죽을 날만을 기다리고 있었습니다. 지난 여름에는 끝내 모두가 병들어 먹을 것조차 없게 되었지요. 우리 식구들은 다 죽을 형편이었는데 하느님께서 할아버지와 비슷한 분을 저희 집으로 보내주셨어요. 낮에 물을 얻어 마시려고 들어오셨다가 우리들을 가엾게 여기셔서 집에 머무르셨습니다. 굶고 병들어 드러누운 우리에게 먹고 마실 것을 마련해주어 마침내 우리들이 기운을 차리게 만드신 후 밭과 짐수레와 말을 사주신 다음 훌쩍 떠나버리셨답니다."

이때 노파가 들어오면서 여인의 말을 가로챘다.

"우리들은 그분이 인간이었는지 천사였는지 모를 정도

입니다. 우리 식구들을 불쌍히 여겨 정성껏 보살피다가 아무 말 없이 떠나버렸으니 도대체 누구를 위해 하느님께 기도를 드려야 할지 모르겠습니다. 지금도 눈에 선합니다. 나는 드러누운 채 무작정 하느님의 부르심만을 기다리고 있었는데, 어느 날 지극히 평범하게 생긴 대머리 할아버지가 물을 마시러 들어오지 않겠습니까? 그런데 이 죄 많은 늙은이는 '누가 저렇게 남의 집에 들어와서 어물거리나' 하고 의아스럽게 생각했죠. 그런데 그분은 지금 말한 것을 기꺼이 해주셨던 것입니다. 우리들의 모습을 보자 조금도 망설이지 않고 등에 짊어졌던 자루를 바로 여기에 내려놓고 끄르지 않겠습니까?"

이때 소녀도 말참견을 했다.

"아이, 할머니도. 처음에는 방 한가운데에 자루를 내려놓았다가 다시 의자 위에 올려놓았는데…"

이렇게 식구들은 서로의 말을 가로채면서 예리세이에 대한 이야기를 자세히 들려주었다. 어디에 앉았으며 어디에서 잤는지, 무엇을 어떻게 했는지, 누구에게 무슨 말을 했는지 등 그들의 말은 끝이 없었다. 날이 저물자 말을 타

146

고 돌아온 농부 역시 예리세이가 자기 집에서 어떻게 도와 주면서 지냈는지 이야기했다.

"만약 그분이 오시지 않았더라면 우리는 모두 죄를 지은 채 죽어버렸을 겁니다. 모두가 아무 소망도 없이 하느님과 인간들을 원망하면서 죽음을 기다리고 있는데 그분이 오셔서 우리 가족들을 살려주셨기 때문에 비로소 하느님도 알게 되고 친절한 사람을 믿게 되었습니다.

하늘에 계신 우리 주 예수 그리스도여, 원하옵건대 부디 그분을 지켜주시옵소서! 짐승과 다름없는 생활을 하고 있던 우리를 인간으로 만들어주셨으니까요."

그들은 예픾에게 먹고 마실 것을 대접한 다음 잠자리를 마련해주었다. 예픾은 자리에 드러눕기는 했으나 잠이 오지 않았다. 예리세이의 일과 예루살렘에서 세 번이나 예리세이를 특별 성좌에서 보았던 일이 머릿속에서 떠나지 않았던 것이다.

'그렇구나, 그 영감은 여기서 나를 앞질렀던 것이다. 내 정성을 하느님께서 받아들이셨는지는 알 수 없지만, 그 친구는 하느님께서 기꺼이 받아들이신 것이다.'

이튿날 아침, 식구들은 예픰과 작별하면서 도중에 먹으라고 자루 속에 고기만두를 넣어준 뒤 일하러 나갔다. 그리고 예픰은 집을 향해서 길을 떠났다.

12

예쁨은 성지 순례를 떠난 지 꼭 1년이 지난 봄에 집으로
돌아왔다. 집에 도착한 것은 저녁때였다. 아들은 집에 있지
않고 술집에 가 있었다. 예쁨은 거나하게 취해서 돌아온 아
들에게 여러 가지를 물어보았는데, 그가 집을 비운 동안 아
들이 돈을 헤프게 썼다는 것이 확실했다. 돈을 모두 나쁜
데에 써버리고 일도 엉망으로 만들어놓았다. 예쁨이 나무
라자 아들은 도리어 반항했다.

"아버지께서 아무 데도 가시지 않았으면 좋았을 텐데요.
아버지는 성지 순례를 한답시고 돈을 잔뜩 가지고 가셨으

면서 내가 조금 쓴 걸 가지고 그러세요?"

예핌은 화가 나서 아들의 뺨을 때렸다. 이튿날 아침, 예핌은 앞으로의 일을 의논하기 위해 반장에게 가는 중에 예리세이의 집 앞을 지나게 되었다. 그러자 예리세이의 아내가 입구 층계에서 인사했다.

"안녕하세요, 영감님. 무사히 돌아오셨군요."

예핌은 걸음을 멈추고 말했다.

"덕분에 무사히 다녀왔습니다. 도중에 댁의 영감님과 헤어졌는데 듣자 하니 벌써 돌아오셨다고요?"

그러자 예리세이의 아내는 수다스럽게 이야기를 시작했다.

"돌아오고 말고요, 영감님. 벌써 옛날에 돌아왔는걸요. 성모 승천제가 지난 뒤 바로 왔지 뭐예요. 하느님 덕분에 무사히 돌아와서 온 식구가 경사가 난 듯이 좋아했었죠. 그이가 없으면 온 집안이 쓸쓸해서요. 이제는 나이가 나이인지라 대단한 일은 하지 못하지만 한 집안의 주인이니까 모두가 의지하는 거죠. 글쎄 아들이 어찌나 반가워하는지, 원! 아버지가 안 계시니까 빛이 꺼진 것 같다면서 말이에요. 그이가 어디 가면 정말 쓸쓸해요. 우리는 모두 그이를 의지하고 소중하게 생각하니까요."

"그래, 지금 집에 있나요?"

"있지요. 그이는 지금 벌통에서 애벌레를 나누고 있어요. 올해는 아주 썩 좋은 애벌레를 깠대요. 모두가 하느님 덕택이지요. 그이도 그렇게 기운이 좋은 애벌레는 아직 한 번도 못 봤나 봐요. 영감님, 들어가셨다가 가세요. 퍽 반가워하실 텐데요."

예핌은 복도를 지나 뒷문으로 나가서 벌통을 돌보고 있는 예리세이에게로 갔다. 예리세이는 머리에 그물도 쓰지 않고 장갑도 끼지 않은 채 회색 외투를 입고 자작나무 밑에서 양팔을 벌리고 위를 쳐다보고 있었는데, 마치 예루살렘의 그리스도 관 곁에서와 마찬가지로 대머리 전체가 온통 빛나고 있었다. 그 머리 위에서는 역시 예루살렘에서처럼 햇빛이 자작나무 잎사귀 너머로 비쳐 꼭 불타고 있는 것 같았다. 머리 둘레에는 벌들이 곤 모양으로 떼를 지어 날아다니고 있었으나 쏘려고 하지는 않았다. 예리세이의 아내는 남편을 불렀다.

"예핌 영감님이 오셨어요."

예리세이가 예핌을 보더니 반가운 기색으로 달려오며 턱수염 속에 기어든 꿀벌을 살그머니 끄집어냈다.

"어서 오게나. 그래 무사히 잘 다녀왔나?"

"몸만 갔다 왔지. 자네에게 줄 선물로 요단강 물을 가지고 왔네. 이따가 우리 집에 와서 가져가게나. 그런데 하느님 께서 내 정성을 받아들이셨는지 어떤지 알 수가 없구먼."

"아무튼 경사스러운 일이야. 예핌, 하느님의 가호가 있기를!"

예핌은 한참 동안 잠자코 있다가 말했다.

"몸은 갔다 왔지만 영혼이 갔다 왔는지 누가 알겠나. 정작 다른 사람이 갔다가 왔는지도 모를 일이야."

예리세이는 그 말을 듣더니 허둥지둥 손을 내저으며 말했다.

"모든 일이 하느님의 뜻이야. 예핌, 하느님의 뜻이고말고. 자, 꿀을 가지고 갈 테니 안으로 들어가세나."

더 이상 그 이야기를 못 하게 하려는지 예리세이는 살림 이야기로 말머리를 돌렸다. 예핌은 한숨을 내쉬고 그 농가 식구들의 이야기도 예루살렘에서 보았던 이야기도 하지 않았다.

그는 비로소 깨달았던 것이다. 이 세상에서는 한 사람 한 사람이 죽는 날까지 자기의 의무를 사랑과 선행으로 다 하지 않으면 안 되며 그것이 하느님의 분부라는 것을.

촛불

땅 임자인 지주가 행세하던 때의 이야기다. 그 무렵에는
지주도 여러 가지 부류가 있었다. 자신도 한 번은 죽는다는
사실을 깨닫고 하느님을 공경하고 두려워하며 남을 불쌍
히 여기는 사람이 있는가 하면, 소작인을 업신여기며 횡포
를 부리는 짐승과 같은 사람도 있었다. 그중에서도 제일 못
된 인간은 농노 출신의 관리인, 즉 시궁창에서 빠져나와 귀
족 행세를 하는 무리였다. 이런 인간들 때문에 농부들의 생
활은 그야말로 비참했다.

어느 지주의 영지에 그런 관리인이 나타났다. 농부들은

소작료 대신 일을 했다. 땅은 넓었고 기름졌으며 물도 목초도 숲도 울창하여 모든 것이 넉넉했다. 그만하면 지주나 농부도 아무런 부족함 없이 살 수 있었다. 그런데 그 땅의 지주는 다른 영지에서 일하던 머슴을 관리인으로 채용했다.

이 관리인은 제 세상을 만난 것처럼 농부들 위에 군림했다. 그도 한 가정의 가장으로서 아내와 이미 출가한 딸이 둘이나 있었고, 돈도 이미 좀 모았으므로 그렇게 굴지 않아도 어려움 없이 살아갈 수 있었다. 그런데 탐욕스러운 나머지 나쁜 짓을 일삼는 것이었다. 우선 농부들에게 정해진 시간보다 더 많은 일을 시켰다. 벽돌 장사를 시작하여 남녀를 가리지 않고 끌어다가 벽돌을 만들게 하고 그 벽돌을 마구 팔아먹기 시작했다. 농부들은 모스크바에 있는 지주를 찾아가 불만을 호소했으나 아무 소용이 없었다. 지주는 오히려 농부들을 쫓아내고 관리인의 횡포를 모르는 척했던 것이다. 거기에다 농부들 중에도 배신자가 있어서 동료들의 일을 관리인에게 밀고하여 서로가 헐뜯게 만들었다. 이리하여 농부들의 단결은 무너지고 관리인의 횡포는 날이 갈수록 더욱 심해졌다.

횡포가 계속되자 농부들은 마침내 이 관리인을 사나운 맹수처럼 무서워하게 되었다. 관리인이 말을 타고 마을에 나타나면 농부들은 그의 눈에 띄지 않게 재빨리 아무 곳에나 몸을 숨겼다. 관리인은 농부들이 자기를 무서워해 피하는 것에 화가 나서 더욱 심하게 일을 시키고 괴롭혔고 그들의 고통은 더욱 심해졌다.

그 무렵에는 그런 악독한 관리인을 몰래 죽여버리는 일도 있었으므로 이곳 농부들도 이에 대한 의논을 시작했다. 그들은 은밀한 곳에 모여 회의를 했는데 그중에 비교적 용기가 있는 농부가 이렇게 말했다.

"우리는 언제까지 저 관리인에게 시달리며 살아야 하나? 이런 고통을 당하느니 차라리 저놈을 죽여버리자."

부활절 전날 농부들은 숲속에 모였다. 관리인이 지주의 숲을 손질하라고 지시했던 것이다. 점심시간에 한자리에 모였을 때 의논이 시작되었다. 모임에 참석한 사람 중 한 명인 바실리 미나예프는 말했다.

"지금처럼 이렇게 시달려서야 어떻게 살겠는가? 저놈은 우리를 뼛속까지 뽑아먹으려고 작정했어. 밤낮을 가리지 않고 심하게 일을 시키니 몸이 견디질 못하겠어. 또 관리인 제 마음에 들지 않으면 심한 괴로움을 당하고 있지 않나. 오늘 저녁에 그놈이 또 행패를 부리면 끌어다가 죽여버리는 수밖에 없어. 그리고 어딘가에 몰래 묻어버리면 누가 알 게 뭐야. 다만 이 일을 입 밖에 내선 안 되니 이 점을 명심해야 해."

바실리는 그 누구보다도 관리인을 증오하고 있었다. 관리인은 매주 바실리를 때리고 심지어는 그의 아내마저 빼앗아 자기 집 가정부로 만들어버렸던 것이다.

이렇게 농부들은 결정을 내렸다. 저녁이 되자 관리인이 말을 타고 나타났는데 오자마자 농부들에게 벌목을 잘못했다고 트집을 잡았다. 그리고 벌목 더미에서 보리수나무 가지를 찾아냈다.

"난 보리수나무 가지를 베라고 하지 않았어. 누가 베었나? 빨리 말하지 않으면 모조리 매질을 하겠다."

그는 보리수나무가 있는 자리를 누가 맡았는지 조사하기 시작했다. 그러자 누군가가 그것은 시돌의 구역이라고 했고 관리인은 시돌의 얼굴을 피투성이가 되도록 구타했다. 바실리에게도 벌목의 양이 적다고 채찍으로 실컷 때리고 난 다음 자기 집으로 돌아갔다. 그날 밤 농부들은 다시 모였다.

이때 바실리가 입을 열었다

"그래, 당신들이 사람이오? 짐승만도 못 해. 해치우자, 해치우자 해놓고도 그놈이 나타나면 달아나버리니, 꼭 매 앞의 참새 떼 같아. '동료를 배반해서는 안 돼. 무슨 일이 있어도 해치워야 해!' 하고 말로만 떠들다가 매가 나타나면 모두 숲속으로 숨어버리니 매는 점찍어두었던 놈을 잡아 족치는 거야. 매가 날아간 다음에야 참새들은 다시 모여 쩍쩍거리며 '또 하나 없어졌군. 누가 없어졌나? 바니카야. 그러나 그놈은 그런 꼴을 당해도 괜찮아. 그럴 만한 까닭이 있지.'라고 말하지. 당신들이 꼭 그 꼴이야. 배반하지 않겠다고 했으면 정말 배반하지 말아야 해. 그놈이 시돌을 구타할 때 우리가 일제히 달려들어 놈을 처치해버렸어야 했단 말이오. 배반하지 않겠다. 해치우자! 하고도 매가 덤벼들면 다치지 않으려고 도망쳐버리니…."

농부들은 여러 번 그런 의논을 한 끝에 마침내 관리인을 죽이기로 했다. 그런데 수난절에 관리인이 농부들에게 부활제가 시작되면 밭을 갈아 보리씨를 뿌리라고 지시했다. 농부들은 너무 무리한 지시라고 생각했기 때문에 부활절 전날인 금요일에 남의 눈에 띄지 않게 바실리의 집 뒷마당에 모여 의논했다.

"저놈이 하느님을 잊고 이런 무리한 일을 강행하려고 한다면 정말로 죽여버릴 수밖에 없다. 저놈에게 고통을 당할 바에야 차라리 죽여버리자."

그곳에는 페트로시카 미헤예프도 와 있었다. 그는 점잖은 농부로 지금까지 이들의 모임에 잘 나오지 않다가 그날 처음으로 나와 여러 사람의 이야기를 들은 뒤에 이렇게 말했다.

"여러분은 큰 죄를 지으려 하고 있소. 사람을 죽인다는 것은 엄청난 일이오. 물론 그놈이 하는 일은 옳지 못해요. 그러나 우리가 복수하지 않더라도 더 큰 벌이 그를 기다리고 있을 것이오. 목숨 하나 해치우는 것은 간단하지만 여러분은 참아야 하오."

바실리는 이 말을 듣고 있다가 화가 치밀어 분통을 터뜨렸다.

"사람을 죽이는 것이 죄라고? 사람을 죽이는 건 물론 죄가 되지만 그놈이 사람인가? 그렇지, 착한 사람을 죽이는 건 분명히 죄가 되지. 그러나 악한 놈을 죽이는 것은 하느님도 눈감아주실 거야. 사람을 위해서 무서운 미친개는 죽어야 해. 죽이지 않으면 그놈의 죄만 커질 뿐이야. 그놈이 우리를 괴롭힌 걸 생각하면 치가 떨린다고. 만일 이 일로 극심한 고통을 당한다고 해도, 이것은 남은 사람들을 구해주려는 일이야. 모두 우리에게 감사할 거야. 우리가 당하고만 있으면 놈은 우리를 모두 죽이고 말 거야. 페트로시카 자네는 당치도 않은 걱정을 하고 있어. 주님의 수난 주일에 일하러 가는 것이 더 큰 죄가 아닐까? 그렇게 말하는 자네도 그런 날엔 일하러 가지 않을걸."

그러자 페트로시카가 말을 받았다.

"일하러 나가지 않다니? 밭을 갈라고 하면 갈아야지. 누가 나쁜가를 하느님께서 다 알고 계시니 우리는 오직 하느님을 잊지 말아야 해. 나는 내 생각을 말하는 것이 아니야. 만일 악을 악으로 없애라고 하셨다면 하느님께서 그런 본보기를 보여주셨겠지. 하지만 그렇게 가르치지 않으셨어.

163

우리가 악을 악으로 대하면 그 악은 우리에게 되돌아오지. 사람을 죽이기는 쉬우나 그 피는 죽인 사람의 영혼에 달라붙네. 사람을 죽인다는 것은 자신의 영혼을 피투성이로 만드는 일이야. 자신은 악한 인간을 죽였고, 악을 뿌리 뽑았다고 생각하겠지만 실은 더 큰 악을 자기 마음에 끌어들이는 결과가 되네. 재앙에는 묵묵히 참아야 되는 거야. 그러면 그 재앙이나 불행은 스스로 물러나게 마련이지."

그렇게 하여 농부들은 결정을 내리지 못하고 헤어졌다. 의견이 분분하여 바실리처럼 생각하는 농부가 있는가 하면 끔찍한 죄를 짓지 말고 더 참아보자고 말하는 농부도 있었다.

농부들이 부활제 축하 행사를 끝마친 저녁에 서기를 데리고 지주의 집을 다녀온 이장이 관리인의 명령이 있었다며 내일은 보리씨를 뿌리기 위해 모든 농부가 밭을 갈아야 한다고 말했다. 한 조는 강 건너 쪽에서부터, 다른 조는 길가 밭에서부터 시작하라고 알려주었다. 농부들은 화가 치밀었으나 그 명령을 거역할 용기는 없었다. 다음 날 아침, 농부들은 괭이와 삽을 들고 나가 밭을 갈았다.

교회에서는 아침 예배를 알리는 종이 울렸다. 사람들은

어디서나 부활절을 축하하고 있는데 이곳의 농부들만 밭을 갈고 있었다.

관리인은 아침 늦게 일어나 밭일을 살피러 나갔고 관리인의 아내와 과부인 딸은 모양을 내고, 하인이 준비한 마차를 타고 미사에 참례하고 돌아왔다. 하녀가 집안일을 막 끝냈을 때 관리인이 돌아와서 같이 차를 마시기 위해 자리에 앉았다. 관리인은 차를 마신 다음 담배를 피우려고 파이프에 불을 붙였다.

"그래 농부들은 밭에 내보냈는가?"

"네, 보냈습니다."

"한 사람도 빠짐없이?"

"모두 다 나왔습니다. 제가 구역을 지정해주었습니다."

"구역을 정해준 것은 잘했네. 그런데 일을 제대로 할지 모르겠군. 농부들이 어떻게 하고 있는지 잠깐 살펴보고 오게. 정오가 지나면 내가 직접 가서 보겠네. 1정보(약 3,000평)를 둘이서 갈도록 하고 허투루 하지 않도록 일러두게. 만일 소홀한 점이 발견되면 용서하지 않을 테니까."

"예, 알겠습니다."

그렇게 대답하고 이장이 나가려고 하자 관리인이 다시 그를 불러 세웠다. 관리인은 이장을 불러 세우기는 했으나 무슨 말을 해야 할지 몰라 망설였다. 관리인은 한참을 망설이다가 이렇게 말했다.

　"그리고 뭐야, 그 도둑놈들이 나에게 무슨 말을 하는지 자네가 몰래 알아보게. 그놈들이 나에 대해서 무어라고 하는지 자세히 들어보라는 말일세. 나는 그놈들의 일을 잘 알고 있어. 놈들은 일하기 싫어하고 게으름이나 피우니까. 밭을 가는 시기를 놓치면 큰 차질이 온다는 것을 신경 쓰지 않는단 말이야. 그러니까 어떤 놈이 무슨 말을 지껄이는지 들어보고 내게 알려주게. 나는 그걸 알아둘 필요가 있거든. 자, 어서 가보게. 그리고 갔다 와서 하나도 숨기지 말고 내게 말해야 해. 알았는가?"

　이장은 밖으로 나갔다. 그는 말을 타고 농부들이 일하는 밭으로 갔다.

　관리인의 아내는 이장이 나가자 남편에게 다가가 오늘만은 농부들을 쉬게 하라고 애원했다. 그녀는 상냥한 마음씨의 소유자였으므로 남편을 달래면서 농부들의 편을 들었다.

166

"여보, 그리스도의 대축제일이니 죄가 되는 일을 하지 마시고 농부들을 쉬게 해요. 네?"

관리인은 아내의 말은 들은 체도 안 하고 비웃기만 했다.

"한동안 풀어주었더니 아주 건방져졌는데, 관계없는 일에 함부로 참견하지 마."

"여보, 나는 당신의 일로 흉한 꿈을 꾸었어요. 부디 제 말대로 오늘만은 농부들을 쉬게 해주세요."

"왜 이래? 안 된다면 안 되는 줄 알지. 배고픔을 모르고 지내니까 채찍이 어떻게 생겼는지 모르나 보군. 가만있지 못해!"

관리인은 몹시 화를 내면서 불이 붙은 파이프를 아내의 입에 들이대 자기 방에서 쫓아내며 식사 준비나 하라고 일렀다.

관리인은 어묵이며 고기만두, 돼지고기가 섞인 양배추 수프와 돼지 통구이, 우유가 든 빵을 먹고 앵두로 담근 술을 마셨으며 디저트로는 케이크와 파이를 먹었다. 그리고 하녀를 불러 노래를 부르게 하고 자기는 기타를 치기 시작했다.

아주 기분이 좋아진 관리인이 기타를 치며 하녀와 함께

웃음을 나누고 있을 때 이장이 밭에서 돌아왔다. 그는 허리를 굽혀 인사한 다음 밭을 살펴보고 온 일을 보고했다.

"그래, 열심히 일하고 있던가? 오늘의 책임량은 다 채우겠던가?"

"네, 벌써 절반 이상이나 갈았습니다."

"빠뜨린 곳은 없고?"

"눈에 띄지 않았습니다. 모두 잘하고 있습니다."

"굵은 흙덩이도 없고?"

"예. 아주 잘 다져서 부드러웠습니다."

관리인은 잠자코 있다가 다시 물었다.

"그래, 내 말은 하지 않던가? 몹시 욕하지?"

이장은 망설이며 입을 열지 못했다. 관리인은 들은 대로 모두 말하라고 다그쳤다.

"모조리 말해. 조금이라도 숨기거나 그놈들을 감쌌다가는 자네가 다쳐. 사실대로 말하면 상을 주겠지만 조금이라도 감추면 매질이 있을 뿐이야. 야! 카트류샤, 이장에게 보드카 한 잔 주어라. 용기를 내도록 해야지."

하녀가 나가더니 보드카 한 잔을 가져와 이장에게 주었

다. 이장은 고개를 끄덕여 고맙다는 인사를 하고 쭉 들이켠 다음 입을 닦고 보고했다.

"모두 불평을 하고 있더군요."

"그래 뭐라고들 하던가? 말해보게."

"모두 같은 말을 하고 있었습니다. 관리인 양반은 하느님을 믿지 않는다는 거예요."

관리인은 소리 내어 웃었다.

"그런 말을 어떤 놈이 하던가? 어떤 놈이 그랬는지 하나하나 말해보게. 바실리는 뭐라고 그랬지?"

이장은 자기 동료들의 이야기를 나쁘게 말하고 싶지 않았으나 바실리와는 전부터 좋지 않은 감정이었기에 서슴없이 말했다.

"바실리는 어느 누구보다도 가장 심한 욕을 했습니다. 그 작자는 반드시 비참하게 죽게 될 것이라고 말했습니다."

"흥, 잘들 노는군! 그놈은 그러면서도 왜 나를 죽이지 않지. 아무래도 미처 손이 돌아가지 않았던 모양이군. 좋아, 바실리 그놈하고 당장에 셈을 치르지. 다음에 치슈카는? 그놈도 역시 나에 대해 심한 욕을 했겠지?"

"네, 모두 고약한 말을 하고 있었습니다."

"그러니까 뭐라고 했지?"

"이거 원, 입에 올리기조차 지저분해서 어디⋯."

"도대체 뭐가 지저분한가? 겁낼 것 없어. 말하라니까."

"모두 그 작자의 배가 툭 터져서 창자가 튀어나왔으면 좋겠다고 했습니다."

관리인은 그 말을 듣고 크게 웃었다.

"어디, 어느 쪽의 창자가 먼저 터지는지 두고 보자. 그건 누구였나? 치슈카인가?"

"네. 모두 좋은 말은 하지 않았고 욕을 하거나 협박조의 말을 하고 있었습니다."

"흐음, 그렇다면 페트로시카 미헤예프는 어때? 틀림없이 그 빌어먹을 놈도 욕을 했겠지?"

"아닙니다. 페트로시카는 욕하지 않습니다. 농부들 중에서 그 사람만은 아무 말도 하지 않았습니다. 좀 색다른 놈이어서 저도 깜짝 놀랐습니다."

"그럼 어떻게 했다는 건가?"

"정말 이상할 뿐입니다. 그는 쿠르킨 언덕의 경사진 밭을 갈고 있었습니다. 제가 가까이 다가가자 누군가의 노랫소리가 들렸습니다. 아주 가늘고 고운 목소리였죠. 게다가 가래 손잡이 사이에는 뭔가 반짝이는 게 보였습니다."

"그래서?"

"조그만 불빛 같아 보였습니다. 그래서 바싹 다가가서 자세히 보니 저 교회에서 5코페이카에 파는 초를 가래의 가로대에 세워놓았지 뭡니까. 그런데 그게 바람이 불어도 꺼지지 않는 것이었습니다. 그는 새 외투를 입고 부지런히 밭을 갈면서 부활제 노래를 부르고 있었습니다. 내가 보는 앞에서 쟁기를 홱 돌리고 아무리 빨리 밀고 나가도 촛불은 꺼질 기미가 보이지 않았습니다."

"그래, 그 사람은 뭐라고 하던가?"

"아무 말도 없었습니다. 그냥 저를 보더니 부활제 인사를 하고 다시 노래를 불렀습니다."

"자넨 그에게 뭐라고 했나?"

"저도 아무 말도 하지 않았습니다. 그때 농부들이 몰려와 페트로시카는 부활절에 들일을 했으니까 아무리 기도를 드려도 죄를 용서받을 수 없다면서 놀렸습니다."

"그래, 그는 뭐라고 하던가?"

"그는 그저 '땅에는 평화, 사람에게는 선한 마음이 있을 지어다.'라고 했을 뿐, 다시 가래에 손을 얹었더니 말을 몰면서 낮은 목소리로 노래를 불렀습니다. 촛불은 여전히 꺼지지 않고 그대로 있더군요."

관리인은 웃음을 멈추고 기타를 내려놓은 채 생각에 잠기는 듯했다. 그리고 하녀도 반장도 물러가게 하고 커튼 뒤로 들어가 침대에 쓰러져 한숨을 쉬며 끙끙거렸는데, 그것은 마치 보릿단을 실은 짐수레라도 끌고 가는 듯한 소리였다. 그때 아내가 들어와서 말을 걸었으나 그는 대답도 하지 않은 채, 다만 "그놈이 나를 이겼다! 이번엔 내 차례가 왔다!"라고 말할 뿐이었다. 아내가 타이르기 시작했다.

"여보, 지금이라도 농부들에게 가서 그들을 집으로 돌려보내세요. 그렇게 하면 아무 일 없을 테니까! 지금까지는 더 심한 짓을 하고도 태연하더니 이번에는 왜 그렇게 겁을 내는지 모르겠군요."

하지만 미하일은 계속해서 중얼거렸다.

"나는 이제 틀렸어. 그놈이 이겼다!"

아내는 더욱 목소리에 힘을 주어 말했다.

"그놈이 이겼다고만 하시면 무슨 소용이 있어요? 그보다 어서 가서 농부들의 일손을 멈추세요. 모든 일이 잘될 테니까요. 자, 가세요. 나가서 말에 안장을 놓으라고 하겠어요."

이윽고 말이 끌려 나왔다. 아내는 남편을 타일러 지금부터라도 들에 나가 농부들을 집으로 돌려보내도록 했다. 관리인은 말을 타고 밖으로 나갔다. 마을 입구에 도착하자 어떤 아낙이 문을 열어주었다. 그의 모습을 보기가 무섭게 어떤 사람은 뒤꼍으로, 어떤 사람은 집 모퉁이로, 또 어떤 사람은 채마밭으로 도망치느라 야단이었다.

미하일 세묘니비치는 마을을 빠져나가는 문에 이르렀다. 문이 잠겨 있어 말에 탄 채로는 문을 열 수가 없었다.

"문 열어라! 문 열어라!"

관리인은 소리쳤으나 아무도 대답하는 자가 없었다. 그는 말에서 내려 손수 문을 열었다. 그리고 다시 말을 타려고 한쪽 발을 등자에 걸면서 훌쩍 몸을 날려 안장에 걸터앉으려는 순간, 그만 말이 돼지에 놀라 옆의 울타리에 부딪치고 말았다. 그러자 몸이 무거운 그는 안장에서 몸을 가누지 못한 채, 말에서 떨어져 울타리에 세게 부딪쳤다. 그 울타리 중에는 한쪽 끝이 뾰족하고 다른 것보다 길게 튀어나온 말목이 있었는데, 미하일은 그만 그 말목에 배가 걸리고 말았다. 그것을 배겨낼 장사가 어디 있겠는가. 그는 배가 찢어지면서 땅바닥에 털썩 떨어졌다.

농부들이 밭일을 마치고 돌아오고 있는데, 문가에 이르자 말이 콧김을 불어대며 안으로 들어가려고 하지 않았다. 농부들이 이상한 생각이 들어 주위를 살펴보니 미하일이 벌렁 나자빠져 있지 않은가. 양팔은 좌우로 벌리고 눈은 부릅뜬 채 창자는 터져 나오고, 피가 괴어 웅덩이를 이루고 있었다. 대지가 그를 빨아들이지 않은 것이다.

농부들은 깜짝 놀라 뒷길로 말을 몰아 달아났다. 다만 페트로시카 미헤예프만이 말에서 내려 관리인 옆으로 다가갔다. 이미 숨이 끊어져 있었다. 그는 미하일의 눈을 감겨주고 짐수레에 말을 매어 아들과 함께 시체를 실은 다음 지주의 저택으로 갔다. 지주는 일체의 사정 이야기를 듣고는 농부들에게 부역을 시키지 않고, 소작료만 바치게 했다.

농부들은 하느님의 힘은 악을 악으로 갚는 데 있는 것

이 아니라, 착한 일 가운데 있다는 것을 깨닫게 되었다.

바보 이반

1

어느 나라의 어느 곳에 유복한 농부가 살고 있었다. 이 농부에게는 세 아들이 있었으니 군인 세묜, 배불뚝이 타라스, 바보 이반이었다. 그리고 세 아들과 함께 마라냐라는 귀머거리이며 벙어리인 딸이 있었다. 군인 세묜은 왕에게 봉사하러 전쟁에 나갔고, 배불뚝이 타라스는 시장의 장사꾼에게 장사 기술을 배우러 갔으며, 바보 이반은 누이와 함께 집에 남아 땀 흘리며 일하고 있었다.

세묜은 높은 벼슬과 농토를 받고 어느 귀족의 딸과 결혼했다. 그러나 살기가 매우 힘들었다. 아내의 지나치게 사치스러운 생활 때문이었다. 그래서 세몬은 논밭을 빌려준 사람들에게 세를 받기 위해 농장으로 갔다. 그러나 사람들은 한결같이 이렇게 말하는 것이었다.

"아무것도 드릴 게 없습니다. 우리에게는 가축도 없고, 농기구는 물론 말이나 소도 없습니다. 우선 그런 것을 모두 갖추어놓아야만 비로소 수익을 낼 수 있을 겁니다."

그래서 군인 세몬은 아버지에게 갔다.

"아버지는 부자이면서도 나에게 아무것도 주지 않았습니다. 제발 땅의 삼분의 일만 갈라주십시오. 그렇게 해주시면 나의 영지로 바꾸겠습니다."

그러자 노인이 말했다.

"너는 집을 위해 무엇 하나 해준 것이 없다. 그러니 어찌 삼분의 일의 땅을 줄 수 있겠느냐? 그렇게 하면 이반과 저 불쌍한 네 누이동생이 불만일 게다."

그러자 세몬은 이렇게 말했다.

"하지만 이반은 바보잖아요. 거기에 누이동생은 벙어리에 귀머거리입니다. 그런 놈들에게 무엇이 필요하단 말입니까?"

이에 대해 노인은 대답했다.

"하지만 이반이 뭐라고 말할까. 어디 그 애의 말을 들어보자."

그런데 이반은 서슴없이 대답했다.

"쉬운 부탁이에요. 아버지, 형에게 주세요."

군인 세묜은 집에서 삼분의 일의 땅을 받자, 자기 재산으로 바꾸어놓고 다시 왕에게 봉사하러 가버렸다.

배불뚝이 타라스도 많은 돈을 벌었고, 상인의 딸과 결혼했다. 그러나 그 역시 불만이었다. 타라스는 아버지를 찾아와서 이렇게 말했다.

"저에게도 제 몫을 나눠주십시오."

그러나 아버지는 타라스에게는 나눠주는 걸 원하지 않았다.

"너는 집을 위해서 무엇 하나 한 것이 없다. 그리고 지금 집에 있는 것은 모두 이반이 마련한 것뿐이다. 나는 그 애와 네 누이를 섭섭하게 할 수 없다."

"그런 녀석한테 무엇이 필요합니까? 저 녀석은 바보잖아요. 녀석은 장가도 갈 수 없을걸요. 아무도 올 사람이 없을

테니까요. 그렇잖아, 이반? 나에게 곡식을 절반만 다오. 그
리고 난 연장 따위는 갖지 않을 테니까 가축 중에서 저 잿
빛 수말이나 한 마리 갖겠다. 저건 네가 밭을 가는 데 도움
이 되지도 않을 테고…."

이반은 웃음을 터뜨렸다.

"좋아요. 가지세요. 난 또 가서 잡아오겠습니다."

이렇게 하여 타라스도 제 몫을 타냈다. 그리고 이반은 이
전과 다름없이 늙은 암말 한 마리로 농사를 지어 남은 가족
들을 부양했다.

2

큰 도깨비는 이반 형제가 재산을 나눔에 있어서 말다툼하지 않고 의좋게 헤어진 것이 배가 아팠다. 그래서 그는 작은 도깨비 셋을 큰 소리로 불렀다.

"한 마을에 세 형제가 살고 있지. 세묜이라는 군인과 타라스라는 배불뚝이 그리고 이반이라는 바보 녀석이 말이야. 나는 녀석들이 서로 싸우도록 해야겠어. 글쎄 저 녀석들이 의좋게 살고잖아. 재산도 아무런 문제없이 나누고, 서로 잘 지내고 있거든. 저 이반이라는 바보 녀석이 내 기분을 완전히 망쳐놓았지 뭐야. 이제부터 너희 셋이 모두 나가

저 녀석들에게 달라붙어 서로 싸움을 붙여 의를 끊어놓아라. 어때, 할 수 있겠나?"

"할 수 있다마다요!"

"무슨 좋은 방법이라도 있나?"

"있고말고요. 먼저 저 녀석들을 먹을 것이 하나도 없도록 망하게 한 다음 세 녀석을 한곳에 모으죠. 그러면 저 녀석들은 반드시 서로 치고받게 될 겁니다."

큰 도깨비가 껄껄 웃었다.

"좋아, 좋아! 그럴 듯한 방법이군. 자, 모두 땅 위로 가거라! 그리고 저 세 형제 놈들의 사이를 갈라놓기 전에는 아무도 다시 돌아오지 못한다는 걸 명심해라."

작은 도깨비들은 어느 숲속으로 들어가 어떻게 일에 착수할 것인가를 의논했다. 그리고 저마다 조금이라도 더 쉬운 일을 맡으려고 옥신각신한 끝에 심지를 뽑아서 누가 누구를 맡을 것인가를 정하기로 했다. 그리고 조금이라도 일찍 임무를 끝낸 도깨비는 다른 도깨비를 돕기로 했다. 작은 도깨비들은 심지를 뽑고 나서 언제 다시 이 늪에 모일지 날짜를 정하고, 그날 누구의 일이 끝나고 누구를 도우러 갈지를 상의하기로 했다. 작은 도깨비들은 저마다 자기가 뽑은 심지대로 행동하기로 하고 헤어졌다.

드디어 예정된 날이 돌아오자 작은 도깨비들은 약속대로 늪에 모였다. 그리고 각각 자기의 일이 어떻게 되었는지 설명했다. 세몬에게서 돌아온 작은 도깨비가 입을 열었다.

"나는 잘되어 나가고 있어. 내가 맡은 세몬은 내일 틀림없이 자기 아버지한테 갈 거야."

다른 도깨비들이 물었다.

"어떻게 했는데?"

"나는 말이야."

도깨비는 으스대며 말했다.

"나는 우선 세몬에게 용기를 잔뜩 불어넣어주었지. 그랬더니 그 녀석은 왕에게 온 세계를 정복해 보이겠다고 약속하지 않았겠나. 그러자 왕은 세몬을 대장으로 삼아서 인도를 치러 보낸 거야. 모두 전쟁 준비를 하던 날 밤, 나는 세몬 군사들의 화약을 모조리 적셔놓은 다음 인도 왕에게로 가서 짚으로 무수히 많은 군사를 만들어놓았지. 세몬의 군사들은 사방팔방에서 자기들 쪽으로 지푸라기 군사들이 몰려오는 것을 보고 잔뜩 오그라든 거야. 세폰은 군사들에게 공격 명령을 내렸지만 대포고 총이고 간에 나가야 말이지. 세폰의 군사들은 사색이 되어 줄행랑을 놓을 수밖에. 그러자 인도 군사들은 그들을 쳐부쉈지. 세폰은 톡톡히 망신을 당하고, 재산을 몽땅 몰수당한 데다 내일은 사형을 당하는 날이야. 나에게는 이제 꼭 하루 일감이 남았을 뿐이야. 말하자면 집으로 내빼도록 그 녀석을 옥에서 내놓는 일이 남았을 뿐이란 말이야. 내일은 완전히 끝장이 나니까 너희 중에서 누가 내 도움이 필요한지 말해 봐."

타라스에게서 돌아온 작은 도깨비도 자기가 한 일에 대해서 말했다.

"나는 말이야, 도움 따위는 필요 없어. 내 일도 잘되어 나가고 있으니까. 타라스란 녀석도 이제 일주일 이상을 견디지 못할 거야. 나는 제일 먼저 그 녀석의 배를 잔뜩 불려 욕심꾸러기가 되도록 했지. 그랬더니 그 녀석은 남의 재산을 턱없이 탐내어, 보지도 못한 것까지 모두 사고 싶어 하지 뭐야. 돈을 있는 대로 탈탈 털어서 무진장 사버렸지. 그래도 모자라서 여전히 사고 있지. 지금은 빚까지 져가면서 사들이고 있는 형편이야. 이제는 너무 사 모으다 보니까 어떻게 처리해야 할지 몰라 안절부절못하고 있어, 일주일 뒤에는 이것저것 갚아야 할 기한이 닥치는데, 그 안에 나는 그 녀석의 물건들을 몽땅 거름으로 만들어놓을 작정이지. 그러면 그 녀석은 빚을 갚지 못하고 곧장 제 아비한테 달려가게 될 거야."

그들은 이반에게서 돌아온 작은 도깨비에게 물었다.

"네 일은 어떻게 되었지?"

"그런데 말이야, 이상하게 내 일은 잘되어 나가지 않아. 우선 배탈이 나도록 그 녀석의 크바스를 담은 병 속에 침을 잔뜩 뱉어놓고는 그 녀석 밭으로 가서 땅바닥을 돌처럼 굳혀놓았지. 그 녀석이 꼼짝 못하게 말이야, 그쯤 되면 그 녀석도 밭을 일구지 못할 줄 알았는데, 글쎄 그 바보 녀석은 말없이 쟁기를 가지고 와서는 일구지 않겠나. 배가 아파서 끙끙 앓으면서도 여전히 일을 하는 거야. 그래서 나는 그 녀석의 쟁기를 부숴놓았지. 그랬더니 그 녀석은 집으로 돌아가 딴 보습으로 갈아 끼우고는 새 성에를 몇 개인가 대고 또다시 밭을 일구기 시작하지 뭐야. 그래서 나는 땅속으로 들어가 보습을 붙들어보려고 했는데, 도무지 붙잡히지가 않는 거야. 그 녀석이 쟁기를 누르는 데다 보습은 날카롭고 해서 내 손은 마구 베어지고 말았어. 그래서 그 녀석은 밭을 거의 다 일구어버리고 이제는 고작 한 두둑밖에 남지 않았어. 그러니 너희가 와서 좀 도와 줘. 우리가 그 바보 하나를 때려잡지 못하는 날에는 우리의 일은 모두 허사가 될 테니 말이야. 만약 그 바보가 계속 농사를 짓게 되면 세 형제는 별로 곤란해하지 않을 거야. 그 녀석이 두 형을 먹여 살리게 될 테니까 말이야."

세문을 맡고 있는 도깨비가 내일 도우러 가겠다고 약속했다. 작은 도깨비들은 그렇게 알고 일단 헤어졌다.

3

이반은 묵혀 두었던 밭은 다 일구고 이제는 고작 한 두
둑만을 남겨놓았을 뿐이었다. 그는 마저 다 일구어버리려
고 말을 타고 왔다. 배가 아파 견딜 수가 없었으나 일을 하
지 않으면 안 되었다. 그래서 고삐의 줄을 툭 치며 쟁기를
돌려 일을 시작했다. 한 번 갔다가 되돌아서 다시 되짚어
오려고 하는데, 어쩐 일인지 나무뿌리에 걸리기라도 한 것
처럼 쟁기가 나가지 않았다. 그것은 작은 도깨비가 두 발
로 쟁깃술에 매달려 꽉 누르고 있었기 때문이었다. 별 이
상한 일도 다 있다고 이반은 생각했다.

'아까만 해도 나무뿌리 같은 건 없었는데, 그래도 역시 나무뿌린지도 모른다.'

이반은 두둑 속에다 손을 넣었다. 그러자 무엇인가 부드러운 것이 손에 닿았다. 그는 그것을 움켜잡아 밖으로 끌어냈다. 그것은 나무뿌리 같은 새까만 것이었는데 그 위에서 무엇인가 꿈틀거렸다. 자세히 보니 살아 있는 작은 도깨비였다.

"아니, 이게 뭐야? 뭐 이런 빌어먹을 게 다 있어!"

이반은 작은 도깨비를 번쩍 치켜들어 흙더미에다 내리쳐 박살을 내버리려고 했다. 그러자 작은 도깨비는 크게 소리를 지르며 사정했다.

"아, 제발 죽이지 마세요. 그 대신 무엇이건 원하는 대로 해드리겠어요."

"그래, 무엇을 하겠다는 거냐?"

"그저 무엇이거나 원하는 것을 말씀만 해주세요."

이반은 머리를 갸웃거리며 말했다.

"나는 지금 배가 아픈데 낫게 할 수 있겠니?"

"할 수 있고말고요."

"어디, 그럼 낫게 해보렴."

작은 도깨비는 두둑 위에 몸을 구부리고 여기저기 손톱으로 쑤셔서 무엇인가를 찾았다. 이윽고 가지가 세 개 달린 조그만 뿌리를 쑥 뽑아 그것을 이반에게 건네며 말했다.

"여기 있습니다. 이 뿌리를 하나만 드시면 천하에 없는 아픔도 이내 가셔집니다."

이반은 뿌리를 받아 찢어서 가지 하나를 삼켰다. 그러자 복통이 금방 가라앉았다.

작은 도깨비는 다시 사정했다.

"자, 이제 놓아주세요. 나는 땅 속으로 들어가 다시는 나오지 않겠습니다."

"자, 그럼 잘 가거라."

이반이 말을 끝내기가 무섭게 작은 도깨비는 물속에 던진 돌처럼 땅속으로 금방 모습을 감추었고 그 자리엔 구멍만이 하나 남았을 뿐이었다.

이반은 나머지 두 뿌리를 모자 속에 쑤셔 넣고 또다시 밭을 일구기 시작했다. 그리고 마지막 이랑을 다 일구고 나자 쟁기를 정리해놓고 집으로 돌아왔다. 집에 와서 말을 풀어놓고 오두막 안으로 들어가자 맏형인 세문이 아내와 함께 앉아 저녁을 먹고 있었다.

그는 전답을 몰수당하고 가까스로 도망쳐서 아버지한테 의탁해 살 생각으로 여기에 달려온 것이었다. 세묜은 이반을 보자 이렇게 말했다.

"나는 너한테 신세를 지려고 왔다. 새 일자리를 구할 때까지 나와 집사람을 먹여 다오."

"아, 그렇게 하세요. 염려 말고 여기서 사세요."

이반이 그렇게 말하고 막 의자에 걸터앉았는데 그에게서 나는 냄새가 세묜 아내의 마음에 들지 않았다.

그녀는 남편에게 말했다.

"저 시동생에게서는 정말 고약한 냄새가 나는군요. 토할 것 같아요, 여보."

그러자 세묜이 말했다.

"네 형수가 너에게서 나는 냄새가 싫다고 하니까 너는 부엌에서 저녁을 먹었으면 좋겠구나."

"아, 그렇게 하죠. 그렇잖아도 밤 순찰을 나갈 시간이 되었어요. 말에게도 먹이를 주어야 하고…."

이반은 빵과 겉옷을 집어 들고 순찰을 하러 나갔다.

4

세문을 맡은 작은 도깨비는 그날 밤 안에 일을 마치고 약속대로 바보 이반을 곯려주려고 그를 맡은 작은 도깨비를 찾아왔다. 밭으로 와서 여기저기 동료를 찾아 한참 헤맸으나 어디에도 없고, 그저 땅바닥에 구멍이 하나 뚫려 있는 것을 발견했을 뿐이었다.

'이거 아무래도 친구에게 무슨 불행한 일이 일어난 모양이다. 좋아! 내가 대신 바보 이반을 곯려주어야지. 이번에는 풀밭으로 가볼까?'

작은 도깨비는 목장으로 가 이반의 풀밭에 큰물이 들게

했다. 풀밭은 온통 진흙 바닥이 되었다. 이반은 새벽에 가축들을 둘러보고 돌아와 큰 낫을 들고 풀밭으로 풀을 베러 나갔다. 그러나 한두 번 낫을 휘둘러 풀을 베면 낫의 날이 못 쓰게 되어 그때마다 날을 바꾸어야 했다. 이렇게 되자 이반은 머리를 끄덕이며 중얼거렸다.

"안 되겠다. 집에 가서 숫돌을 가져와야겠다. 빵도 가져와야지. 비록 일주일이 걸리는 한이 있더라도 다 베기 전에는 여기서 떠나지 않을 거야."

작은 도깨비는 이 소리를 듣고 잠깐 생각하더니 말했다.

"제기랄, 이 바보 녀석은 안 되겠다. 다른 수단을 써야 할 것 같아."

이반은 집에서 낫을 갈아와 다시 풀을 베기 시작했다. 작은 도깨비는 풀 속에 몰래 기어들어가 낫공치를 붙잡고 흙 속에 날을 처박았다. 이반은 힘이 들었으나 끝까지 일을 해냈다. 이제 늪의 한 다랑이만 남았을 뿐이었다. 작은 도깨비는 늪 속으로 기어들어가 이렇게 생각했다.

'이번에는 비록 손가락이 잘리는 한이 있더라도 베지 못하게 해야지.'

이반은 늪으로 왔다. 보기에는 풀잎이 그렇게 칙칙하지도 않은데 어쩐지 낫이 말을 잘 듣지 않았다. 이반은 약이 바짝 올라 힘껏 낫을 휘두르기 시작했다. 작은 도깨비는 배겨낼 수가 없었고 뒤로 물러날 겨를도 없었다. 일이 틀어진 것 같아 작은 도깨비는 덤불 속으로 몸을 숨겼다. 이반은 큰 낫을 마구 휘둘러 덤불을 치면서 작은 도깨비의 꼬리를 절반 정도 잘라버렸다. 이반은 풀을 베고 나서 누이에게 그것을 긁어모으라고 일러놓고 이번엔 호밀을 베러 갔다.

갈고랑낫을 가지고 갔을 때는 꼬리를 잘린 작은 도깨비가 어느 틈에 거기에 와서 호밀을 마구 흩뜨려놓았기 때문에 갈고랑낫으로는 베어질 것 같지가 않았다. 그래서 이반은 집에 다시 가서 보통 낫을 가지고 와 다 베어버렸다.

"이번에는 귀리를 베어야지."

꼬리를 잘린 작은 도깨비는 이 말을 듣자 '이번에야말로 저 녀석을 골려주어야지, 어디 내일 아침까지만 두고 보리라.' 하고 생각했다. 그 이튿날 아침 작은 도깨비가 귀리밭에 달려가보았더니 귀리가 벌써 다 베어져 있었다. 밤사이에 귀리의 낟알이 한 톨이라도 떨어질까 봐 이반이 말끔히 베어놓았던 것이다. 작은 도깨비는 약이 잔뜩 올라 중얼거렸다.

"이 바보 녀석은 내 꼬리를 잘라놓은 데다 나를 괴롭히고 있다. 전쟁에서도 이처럼 경을 친 일은 없었다. 저 빌어먹을 놈은 밤에도 잠을 자지 않으니 도무지 당해낼 도리가 없다. 그러나 이번엔, 호밀가리 속으로 기어들어가 모조리 썩게 만들어버릴 테다."

작은 도깨비는 호밀가리가 있는 데로 가서 그 다발 속으로 기어들어갔다. 그런데 호밀단을 띄우고 있는 사이에 따뜻해져 저도 모르게 그만 꾸벅꾸벅 졸았다.

한편, 이반은 암말에게 수레를 끌게 하고 누이와 함께 호밀단을 나르러 왔다. 호밀가리 옆으로 다가와 호밀단을 짐수레에 싣기 시작한 이반은 두어 단 가량 던져 올리다가 작은 도깨비가 숨어 있는 호밀단을 들게 되었다. 호밀단을 치켜들어 보았더니 갈퀴발 끝에 꼬리가 짧은 작은 도깨비가 걸려 버둥거리면서 도망치려고 애쓰고 있었다. 그것을 보고 이반이 말했다.

"아니, 요놈 보게, 뭐가 이렇게 못된 것이 있어! 너 또 나온 게로구나!"

그러자 작은 도깨비가 말했다.

"아니에요, 제가 아닙니다. 저번에는 제 친구였어요. 나는 당신의 형님이신 세묜 씨에게 붙어 있었던 놈입니다."

"네가 어떤 놈이건 똑같이 혼을 내놓아야겠다."

이반이 밭둑에다 내리쳐 박살을 내려고 하는데 작은 도깨비가 두 손을 싹싹 비비며 사정했다.

"한 번만 용서해주세요. 그러면 이제 다시 나오지 않겠습니다. 용서해주시기만 하면 당신이 원하시는 것은 무엇이든 이루어드리겠습니다."

"그래, 무엇을 할 수 있다는 거냐?"

이반이 묻자 작은 도깨비는 말했다.

"원하신다면 나는 무엇으로라도 군사를 만들어낼 수 있습니다."

"그렇지만 그까짓 게 무슨 소용이 있지?"

"어디서나 쓰이죠. 그들은 주인의 명령에 따라 무슨 일이나 할 수 있습니다."

"노래를 부를 수도 있단 말이지?"

"그러고말고요."

"어디 그럼 한번 만들어보렴."

이반이 말하자 작은 도깨비는 이렇게 설명했다.

"이 호밀단을 한 단 들어 땅바닥에 반듯이 세우고 흔들면서 그저 이렇게 말하기만 하면 됩니다. '내 종이 이르는 말이노라, 호밀단 수만큼의 군사가 되어라.'라고."

이반은 호밀단을 땅바닥에 세우고 흔들면서 작은 도깨비가 일러준 대로 해보았다. 그러자 호밀단이 산산이 흩어져 많은 군사가 되고, 북잡이와 나팔수가 선두에 서서 둥둥거리는 것이었다.

이반은 웃음을 터뜨렸다.

"그거참, 도깨비들은 솜씨가 좋구나. 여자애들이 이걸 보면 정말 좋아하겠는걸."

"그럼 이제 저를 놓아주세요."

"아니야."

작은 도깨비가 말하자마자 이반은 말했다.

"낟알도 떨지 않은 호밀단으로 군사를 만들면 낟알을 버리게 되잖아. 그러니 어떻게 해야 다시 호밀단으로 되돌려놓는지 가르쳐주어야지. 그 낟알을 떨어뜨려야 할 게 아니냐.”

그러자 작은 도깨비는 다시 말했다.

“이렇게 말하시면 됩니다. '군사의 수만큼 호밀짚이 되어라. 또 다발이 되어라. 내 종이 이르는 말이로다.'라고.”

이반이 그대로 말하자 많은 군사들은 다시 다발이 되었다. 작은 도깨비는 다시 사정했다.

“이제 놓아주세요.”

“그래, 그렇게 하마.”

이반은 작은 도깨비를 밭둑에 걸쳐놓고 한쪽 손으로 누르면서 그를 갈퀴에서 빼주었다.

“잘 가거라.”

그가 말을 끝내기가 무섭게 작은 도깨비는 물속에 던진 돌처럼 금방 땅 속으로 뛰어들어가버렸다. 그러고는 그저 구멍 하나만 남았을 뿐이었다.

이반은 집으로 돌아왔다. 둘째 형인 타라스가 아내와 함께 와서 저녁을 먹고 있는 중이었다. 타라스는 돈을 치르지 못하고 빚 때문에 도망쳐 온 것이었다.

그는 이반을 보자 말했다

"얘. 이반."

"네, 작은 형님."

"내가 다시 장사를 시작할 때까지 집사람과 나를 좀 먹여 살려주어야겠다."

"아, 좋을 대로 하세요."

이반은 그렇게 말하며 겉옷을 벗고 식탁 앞에 앉았다. 그러자 타라스의 아내가 입을 열었다.

"난 바보와 함께 밥을 먹을 수가 없어요. 땀 냄새가 고약하게 나서 말이에요."

그러자 타라스도 이렇게 말했다.

"이반, 너에게서 나는 냄새가 좋지 않다. 저기 부엌에 가서 먹어라."

"그럼 그렇게 하죠."

그리고 제 몫의 빵을 들고 밖으로 나갔다.

"그렇지 않아도 마침 밤 순찰을 나갈 시간이에요. 말에게도 먹이를 주어야 하고요."

5

　세 번째 작은 도깨비는 그날 밤 일이 끝나자 약속대로 동료를 거들어 바보 이반을 괴롭히려고 왔다. 밭으로 와서 여기저기 동료들을 찾았으나 끝내 찾지 못하고 그저 구멍 하나를 발견했을 뿐이었다. 그래서 풀밭으로 가보았더니 늪에서 잘린 작은 도깨비의 꼬리가 눈에 띄었다. 그리고 호밀을 베어낸 밭에서도 또 하나의 구멍을 발견했다.

　'아무래도 이거, 동료들의 신상에 무언가 화가 미친 모양이다. 내가 대신 그 바보 녀석을 혼내 줘야겠다.'

　작은 도깨비는 이반을 찾으러 타작마당으로 갔다. 이반은 이미 들일을 마치고 숲속에서 나무를 베고 있었다. 두 형들이 좁은 집에서 함께 사는 것이 옹색하게 느껴졌는지, 나무를 베어 자기들이 살 집을 새로 지어 달라고 바보 이반에게 부탁한 것이었다. 작은 도깨비는 숲으로 달려가서 나뭇가지로 기어올라가 이반이 나무를 베어 쓰러뜨리는 것을 방해했다. 이반은 쓰러뜨리기 좋게 나무 밑동에 홈을 파놓으려고 했지만, 나무는 이상하게도 쓰러져서는 안 될 곳으로 넘어져 다른 나뭇가지에 걸려버렸다.

이반은 지렛대를 하나 만들어 여기저기로 그 방향을 틀어가면서 겨우 나무를 쓰러뜨렸다. 이반은 다른 나무를 베기 시작했다. 그런데 역시 아까와 마찬가지였다. 이반은 갖은 애를 쓴 끝에 가까스로 커다란 나무를 쓰러뜨렸다. 세 번째 나무도 마찬가지였다. 이반은 쉰 그루쯤 벨 작정이었으나 열 그루도 채 베기 전에 벌써 해가 뉘엿뉘엿 지기 시작했다. 지칠 대로 지친 이반은 등이 지끈지끈 쑤시고 맥이 탁 풀리고 말았다. 그래서 도끼를 나무에다 기대어놓고 조금 쉴 생각으로 앉았다. 작은 도깨비는 이반이 잠잠해진 것을 알고 기뻐했다. 그리고 생각했다.

'녹초가 되어 쓰러진 거로군. 그럼 나도 이제 좀 쉬어볼까?'

작은 도깨비는 나뭇가지 위에 올라타고 앉아 속으로 고소해하고 있었다. 그때 갑자기 이반이 벌떡 일어나 도끼를 쳐들어 반대쪽에서 냅다 내리쳤다. 그러자 나무는 부지직 빠개지면서 쓰러졌다. 작은 도깨비는 워낙 갑작스러운 일을 당하여 손쓸 틈도 없이 우지끈 하고 가지가 꺾였다. 그 바람에 미처 피할 겨를도 없이 손이 끼고 말았다.

"아니, 요 망할 자식. 너, 또 나왔구나?"

그러자 작은 도깨비는 말했다.

"제가 아닙니다. 저는 당신의 형님이신 타라스한테 붙어 있었던 놈이에요."

"네가 어떤 놈이건 내가 알 바 아니다."

이반은 도끼를 번쩍 치켜들더니 도끼 등으로 내리쳐 그를 죽이려고 했다. 작은 도깨비는 정신없이 싹싹 빌면서 말했다.

"제발 치지만 마십쇼. 원하시는 것이 있으면 무엇이든지 해드리겠습니다."

"도대체 네가 무엇을 할 수 있길래?"

"저는 당신이 원하시는 만큼의 돈을 만들어드릴 수 있습니다."

"어디 한 번 만들어보렴."

작은 도깨비는 이반에게 이렇게 가르쳐주었다.

"이 떡갈나무 잎을 들고 두 손바닥으로 비비세요. 그러면 금화가 땅바닥에 떨어질 겁니다."

이반은 나뭇잎을 들고 비벼보았다. 그랬더니 놀랍게도 누런 금화가 우수수 쏟아졌다.

"어린애들이 갖고 놀기에 좋겠는걸."

"자, 그럼 저를 놔주세요."

작은 도깨비는 말했다.

"그래. 그렇게 하지. 잘 가거라."

이반은 지렛대를 들고 작은 도깨비를 빼내주었다. 그런데 이번에도 그가 말을 끝내기가 무섭게 작은 도깨비는 물속에 돌을 던지기라도 한 것처럼 금방 땅 속으로 기어들어가버리고, 그 자리엔 그저 구멍 하나만 남았다.

6

이반의 형제들은 집을 지어 따로따로 지냈다. 이반은 들일을 마치고는 맥주를 담가 두 형들을 잔치에 초대했다. 그러나 형들은 이반의 초대를 무시했다.

"우리는 농부들의 잔치라는 걸 본 적이 없어."

이반은 농부와 아낙네들과 함께 즐겁게 마셨다. 그리고 취기가 오르자 춤 놀이판이 벌어진 길가로 걸어 나갔다. 이반은 춤 놀이판으로 다가가 아낙네들에게 자기를 칭찬해 달라고 말했다.

"그러면 나는 여러분이 아직 한 번도 구경해보지 못한

것을 보여주겠어요."

아낙네들은 웃음을 터뜨리며 그를 칭찬해주었다.

"자, 그럼 어서 주겠다는 걸 줘요."

"금방 가져올게요."

이렇게 말하고 나서 이반은 씨앗 상자를 안고 숲 쪽으로 뛰어갔다. 아낙네들은 "어머, 저 바보 좀 보게!" 하고 비웃었다. 그리고 이내 이반에 대해선 잊어버렸다. 잠시 후 이반은 무엇인가를 가득 채워 넣은 씨앗 상자를 들고 돌아왔다.

"어때, 나눠줄까?"

"그게 뭔데요? 어디 한 번 나눠줘요."

이반은 금화를 한 웅큼 쥐어 아낙네들에게 뿌렸다. 그러자 갑자기 소란이 일어났다. 아낙네들이 그것을 주우려고 우르르 몰려들었고, 농부들도 달려왔다. 어떤 노파는 하마터면 짓눌려 죽을 뻔했다. 이반은 껄껄 웃어댔다.

"그렇게 서로들 밀치지 말아요. 여기 더 줄 테니까."

그는 이렇게 말하고 다시 금화를 뿌리기 시작했다. 사람들이 떼를 지어 몰려왔다. 상자에 있는 금화를 전부 뿌려버렸다. 그런데도 군중은 더 달라고 졸라댔다. 그러자 이반이 말했다.

"이제 다 털어버렸어. 다음에 또 주지. 자 이젠 춤을 춰볼까? 좋은 노래를 불러봐."

아낙네들은 노래를 부르기 시작했다.

"당신의 노래는 재미없는데…."

"그럼, 어떤 노래가 좋지?"

"그렇다면, 내가 보여주지."

이반은 헛간으로 가서 보릿단을 한 웅큼 뽑아내어 낟알을 떨어내더니 그것을 반듯이 세워놓고는 툭 치면서 말했다.

"자, 내 종이 이르는 말이노라. 다발로 있을 게 아니라 보릿짚의 수만큼 군사가 되어라."

그러자 보릿단은 산산이 흩어져 군사들이 되더니 북과 나팔을 쿵작거리기 시작했다. 이반은 군사들에게 노래를 부르라고 이르고는 그들과 함께 거리로 나갔다. 마을 사람들은 모두 깜짝 놀랐다. 그러다 이내 군사들과 어울려 노래를 부르며 즐겁게 놀았다.

이윽고 이반은 사람들에게 아무도 뒤따라와서는 안 된다고 단단히 일러둔 후, 군사들을 헛간으로 데리고 가서 원

래대로 다발을 지어 마른풀 더미 위에 내던졌다 그러고는
집으로 돌아와 잠자리에 들었다.

7

이튿날 아침 맏형인 세묜이 어제 일을 듣고 이반을 찾아왔다.

"나한테 죄다 말하렴. 도대체 너는 그 군사들을 어디서 데려왔다가 어디로 데려간 거지?"

"그걸 물어 뭘 하시려고요?"

"뭘 하려느냐구? 군사들만 있으면 뭐든지 다 할 수 있단 말이다. 나라도 얻을 수 있어."

그러자 이반은 형을 헛간으로 데리고 가서 말했다.

"알겠어요. 그럼 군사들을 만들어드릴 테니 그 대신 꼭 데리고 가셔야 해요. 안 그랬다가 여기서 군사들을 먹여 살려야 하는 날에는 그야말로 하루 만에 온 동네를 몽땅 털어 먹게 될 테니까요."

세몬이 군사들을 데리고 가겠다고 약속하자, 이반은 군사들을 만들어주기로 했다. 그가 보릿단으로 타작마당을 내리치자, 그와 동시에 1개 중대의 군사들이 만들어졌다. 그리고 다시 한 번 내리치자 또 1개 중대의 군사들이 되었다. 이리하여 그는 온 들판을 가득 메울 만큼 많은 군사를 만들어냈다.

"어때요, 이제 됐어요?"

"됐어. 고맙다. 이반!"

세몬은 크게 기뻐하며 말했다.

"뭘요. 만일 더 필요하시면 언제든지 오세요. 얼마든지 더 만들어드릴 테니, 요즘은 보릿짚이 잔뜩 있으니까요."

세몬은 곧 군대를 지휘하여 싸움을 하러 나갔다. 세몬이 떠나자 이번에는 배불뚝이 타라스가 찾아왔다. 그 역시 어제의 일을 들었던 것이다. 그는 아우에게 이렇게 간청했다.

"숨기지 말고 말해보렴. 그래, 너는 어디서 금화를 얻었지? 만일 내게 그렇게 많은 돈이 있었다면, 나는 벌써 온 세

계의 돈을 긁어모았을 텐데 말이야."

"그래요? 아, 그렇다면 진작 말씀하실 일이지. 형님께서 원하시는 대로 만들어드리죠."

타라스는 크게 기뻐했다.

"난 씨앗 상자로 세 상자만 있으면 된다."

"그럼, 그렇게 하세요. 숲속으로 가요. 말을 끌고 가셔야죠. 가져오기가 힘들 테니까."

타라스와 이반은 말을 타고 숲으로 갔다. 그리고 이반은 떡갈나무의 잎을 훑어 비비기 시작했다.

"어때요? 이만하면 됐어요?"

타라스는 기뻐서 어쩔 줄을 몰랐다.

"당장은 이만큼만 있으면 충분하다. 고맙다, 이반."

"뭘요, 필요하시면 언제든지 오세요. 더 만들어드릴 테니까. 잎사귀는 얼마든지 있으니까 말예요."

배불뚝이 타라스는 달구지에 금화를 가득 싣고 장사를 하러 떠났다. 이리하여 두 형들은 제각기 떠났다. 세몬은 전쟁을, 타라스는 장사를 시작했다. 군인 세몬은 두 나라를 정복하고, 배불뚝이 타라스는 큰돈을 벌었다.

어느 날 세묜과 타라스는 한자리에서 만나 서로 숨김없이 말을 주고받게 되었다. 세묜은 군대를 얻은 경위에 대해 말했고, 타라스는 어떻게 돈을 모으게 됐는지 이야기했다. 세묜이 아우에게 말했다.

"나는 나라를 정복해서 잘 지내고 있기는 한데 돈이 넉넉하지 못해서 걱정이야. 군대를 먹여 살려야 할 돈이 부족해."

그러자 타라스가 말했다.

"나는 돈은 꽤 모았는데 그것을 지키게 할 사람이 한 명도 없는 게 골칫거리예요."

그때 세묜이 말했다.

"이반에게 찾아가보자꾸나. 나는 녀석에게 군대를 더 만들게 하여 네 돈을 지키게 할 테니, 너는 그 군대를 먹여 살릴 만큼의 돈을 만들어주도록 부탁하는 거야."

그리하여 둘은 이반을 찾아왔다. 세묜이 말문을 열었다.

"이봐, 이반. 내겐 아무래도 군사들이 좀 모자라. 그러니까 군사를 좀 더 만들어다오. 아주 조금이라도 좋으니까 말이야."

이반은 고개를 살래살래 내저었다.

"안 돼요. 형님에게는 이제 더 이상 군사들을 만들어드리지 않겠습니다."

"아니, 이반, 왜 그러지? 얼마든지 만들어주겠다고 약속했잖아?"

"그야 약속은 했었죠. 그러나 이제 더는 만들지 않겠습니다."

"아니, 어째서 만들지 않겠다는 거지? 이 바보 녀석아!"

"왜냐하면 형님의 군사가 사람을 죽였기 때문이에요. 내가 길가의 밭을 갈고 있는데, 한 아낙네가 엉엉 통곡하고 있지 않겠어요. 그래서 물어봤죠. '누가 돌아가셨어요?' 그러자 그 아낙네가 '세문의 군사가 전쟁에서 내 남편을 죽였다오.'라고 말하는 것이었어요. 나는 군대란 노래만 부르는 것으로 알고 있었는데 글쎄 사람을 죽였다잖아요. 그래서 나는 이제 더 이상 군사들을 만들지 않기로 했어요."

이렇게 우겨대며 이반은 더 이상 군사들을 만들려고 하지 않았다. 한편 배불뚝이 타라스도 이반에게 금화를 더 만들어 달라고 사정했다. 이번에도 이반은 고개를 살래살래 내저었다.

"안 돼요. 이제 더는 금화를 만들지 않겠습니다."

"왜 그러니? 너는 언제든 만들어주겠다고 약속했잖아?"

"그야 약속은 했었죠. 하지만 이제 더는 만들지 않겠습니다."

"어째서 만들지 않겠다는 거냐? 이 바보 녀석!"

"형님의 금화가 미하일로프네 암소를 빼앗아갔기 때문입니다."

"어째서 빼앗겼다든?"

"그 얘기를 자세히 할까요? 미하일로프네는 암소가 한 마리 있어서 어린애들이 그 암소에서 짜낸 우유를 마시고 있었어요. 그런데 어느 날 그 어린애들이 내게 찾아와서 우유를 달라고 졸라대는 거예요. 그래서 나는 '너희 집 암소는 어디 있지?' 하고 물어봤죠. 그랬더니 '배불뚝이 타라스네 마름이 찾아와서 엄마에게 금화 세 닢을 주고는 가져가버렸어요. 우리는 이제 마실 것이라곤 하나도 없어요.'라고 말하더군요. 나는 형님이 금화를 노리개로 삼고 있는 줄로만 알고 있었는데, 어린애들한테서 암소를 빼앗아가버렸어요. 나는 이제 더 이상 금화 따위는 만들어드리지 않겠습니다."

바보 이반은 고집을 부리며 끝까지 군사와 금화를 만들어 주지 않았다. 그래서 두 형제는 허탕을 치고 떠났다. 그들은 돌아가면서 어떻게 이 곤경을 헤쳐 나갈 것인지 상의했다.

"그럼, 이렇게 하자. 네가 나에게 군대를 유지할 돈을 주면, 너에게 군사 절반을 줄게. 네 돈을 지키도록 말이야."

타라스는 동의했다. 두 형제는 가지고 있는 것을 서로 나누어 가졌다. 그리하여 두 사람 모두 왕이 되고 부자가 되었다.

8

　이반은 여전히 부모를 봉양하면서 벙어리 누이와 함께 들에서 일했다. 한번은 이반네 늙은 개가 병이 나서 거의 죽을 지경에 이르렀다. 이반은 그것을 가엾게 여기고, 벙어리 누이에게 빵을 얻어 모자 속에 넣은 후 개에게 던져주었다. 그런데 그만 모자에 구멍이 뚫려 있어서 빵과 함께 작은 도깨비가 준 조그만 뿌리 한 가지가 굴러 떨어졌다. 늙은 개는 빵과 함께 그것을 주워 먹었다. 그러고는 갑자기 생기가 올라 뛰어오르기도 하고 장난을 치기도 하며, 짖기도 하고 꼬리를 흔들기도 했다. 병이 말끔히 나은 것이었다.

부모는 그것을 보고 깜짝 놀랐다.

"도대체 어떻게 개를 낫게 했지?"

그러자 이반이 말했다.

"저는 어떤 병이든 낫게 하는 풀뿌리를 갖고 있었는데, 그 하나를 이 개가 먹은 거예요."

그 무렵, 왕의 딸이 병을 앓고 있었다. 왕은 방방곡곡에 방을 써 붙였다. 누구라도 좋으니 공주의 병을 낫게 해준 자에게 크게 포상을 내릴 것이며, 만일 그가 미혼이라면 사위로 삼겠다는 내용이었다. 물론 이반네 마을에도 그 방이 붙었다. 아버지와 어머니는 이반을 불러 말했다.

"너도 왕이 내린 방이 무슨 내용인지 알고 있겠지? 그 만병통치의 풀뿌리로 어디 한번 공주님의 병을 낫게 해보렴. 그러면 너는 한평생 행복을 누리게 될 것이 아니냐?"

"그럼, 그렇게 하죠."

이반은 말했다. 그리고 곧 떠날 채비를 했다. 부모는 나들이옷까지 준비해주었다. 이반은 문간으로 나가다가 손이 굽은 여자 거지가 서 있는 것을 보았다.

"듣자 하니까 당신은 무슨 병이든지 다 낫게 한다면서

요? 제 손도 좀 낫게 해주세요. 이대로는 신발도 신을 수 없어요."

이반이 말했다.

"그렇게 해주지."

이반은 풀뿌리를 꺼내어 그 여자 거지에게 주었다. 여자 거지는 그것을 삼켰다. 그러자 갑자기 병이 나아 그 자리에서 손을 내두르게 되었다 아버지와 어머니는 이반을 데리고 가려고 나왔다가, 이반이 하나밖에 남지 않은 풀뿌리를 여자 거지에게 주어 공주를 낫게 할 방도가 없어졌음을 알고 입을 모아 욕을 했다.

"그래, 거지 따위는 가엾게 여기면서 공주님은 가엾지 않다는 것이냐?"

그러자 이반은 공주도 가엾어졌다. 그는 수레에 부랴부랴 짚을 쌓고 그 위에 앉아 떠나려고 했다.

"그래, 도대체 어디로 가는 거냐? 이 바보 녀석아!"

"공주님을 낫게 해드리려고 가는 겁니다."

"하지만 너는 병을 치료할 수 있는 게 아무것도 없잖아?"

"뭐, 걱정하지 마세요."

이렇게 말하고 그는 말을 몰았다. 이반이 궁궐에 닿아 막 내려서자, 어느 틈에 공주의 병이 씻은 듯이 나았다. 왕은 크게 기뻐하며 신하에게 이반을 불러들이라 이르고 그에게 훌륭한 옷을 차려 입혔다. 그리고 이반에게 말했다.

"이제부터 그대는 짐의 부마로다."

"황공하옵니다."

이반은 공주와 결혼하게 되었고, 얼마 후 왕은 세상을 떠나게 되었다. 그리하여 세 형제가 모두 왕이 되었다.

9

세 형제는 건재하여 저마다 나라를 다스리고 있었다.

맏형인 세몬은 짚으로 만든 군사들을 토대로 진짜 군사들을 모집했다. 그는 열 집마다 한 명씩 군사를 내되 그 군사는 키가 크고 살갗이 희며 얼굴이 깨끗해야 한다고 명령했다. 그는 이렇게 모집한 군사를 모두 훈련시켜 놓았다. 그리고 그의 뜻을 거스르는 자가 있으면 이내 군사들을 풀어 복종하도록 했다. 그리하여 모든 사람이 그를 두려워하게 되었다.

그의 생활은 그야말로 훌륭한 것이었다. 그의 머릿속에

떠오르는 것, 그의 눈에 띄는 것은 모두 그의 것이 되었다. 군대만 풀어놓으면 그가 필요로 하는 것을 무엇이든지 빼앗아 왔기 때문이다.

배불뚝이 타라스의 생활도 호화로웠다. 그는 이반에게서 얻은 돈을 낭비하지 않고, 그것을 밑천 삼아 거액의 돈을 모았다. 그 역시 제 나라에 그럴싸한 제도를 만들어놓았다. 그는 자기 돈은 돈궤 속에 집어넣고 백성들에게서 돈을 우려냈다. 또한 인두세, 통행세, 거마세, 짚신세, 각반세, 복장세 등 온갖 세금으로 돈을 짜냈다. 백성들은 가난했기 때문에 무엇이든 그에게 가져왔고, 그마저도 없는 사람들은 일을 하려고 몰려들었다.

바보 이반의 생활 또한 그리 나쁘지는 않았다. 장인의 장례를 치르기가 무섭게 왕의 의대를 다 벗어던지고, 그것을 왕비의 옷장에 집어넣게 했다. 그러고는 다시 삼베옷에 잠방이를 걸친 후 짚신을 신고 일에 매달렸다.

"나는 도무지 답답해서 못 견디겠어. 배는 자꾸 커지는데다 먹을 수도 잠을 잘 수도 없으니 말이야."

그는 부모와 벙어리 누이를 불러와 또다시 일을 하기 시작했다. 사람들이 말했다.

"하지만 당신은 왕이 아니십니까?"

"아니, 일없어. 왕도 먹어야 하니까."

신하들이 들어와 진언했다.

"녹봉을 치를 돈이 없사옵니다."

"뭐, 걱정할 것 없어. 돈이 없으면 주지 않으면 되지."

"그럼, 그들은 근무하지 않을 것이옵니다."

"그럼 그렇게 하라지. 내버려 둬. 근무하지 않아도 좋아. 오히려 자유롭게 일하게 될 테니. 모두 거름이나 내게 해. 거름 정도는 많이 만들어놓았을 테니까."

이번에는 백성들이 재판을 받으러 와서 말했다.

"저자가 제 돈을 훔쳤사옵니다."

그러자 이반이 말했다.

"아, 좋아, 좋아! 그러니까 돈이 필요했다 그 말이지?"

이에 모든 사람이 이반이 바보라는 사실을 알게 되었다. 왕비가 말했다.

"모두 당신을 바보라고 하옵니다."

"그래요? 괜찮소. 걱정 말아요."

왕비는 생각하고 또 생각했다. 그러나 그녀 또한 바보였다.

"제가 어찌 감히 남편의 뜻을 거스를 수 있겠나이까? 실은 바늘 가는 대로 따라가야 하는 것이거늘."

그녀는 이렇게 말하고 왕비의 옷을 벗어 옷장 속에 집어넣은 후 벙어리 처녀에게 농사일을 배우러 갔다. 그리하여 일을 익히고 난 후 남편을 거들었다.

똑똑한 사람들은 모두 이반의 나라를 떠나버렸고, 남은 사람들은 그저 바보들뿐이었다. 돈은 어느 누구에게도 없었다. 그들은 모두 일을 하며 스스로 살아갔고 동시에 착한 사람들을 도와주면서 살았다.

10

큰 도깨비는 작은 도깨비들이 세 형제를 파멸시켰다는 소식을 들고 오기를 학수고대했다. 그러나 아무런 소식도 없었다. 그래서 사실을 알아볼 생각으로 직접 나가 여기저기 돌아다녔지만, 찾아낸 것이라곤 그저 세 개의 구멍뿐이었다.

'아무래도 실패한 모양이야. 그렇다면 내가 직접 손을 쓸 수밖에 없군.'

그는 이반 형제를 찾으러 갔으나 그들은 이미 살던 곳을 떠나 각각 다른 나라에 살고 있었다. 또한 그들은 모두 건재할 뿐만 아니라 나라를 다스리고 있었다.

그는 먼저 세몬의 나라로 갔다. 그러고는 제 모습을 감추고 장수로 둔갑하여 세몬을 찾아가 말했다.

"세몬 왕이시여, 왕께서는 위대한 무인이신 듯하옵니다. 그러나 신도 그 일에 있어서는 익히고 있는 바가 있사와 전하를 섬기고자 합니다."

세몬 왕은 그에게 여러 가지를 물어보고 난 후 현명한 사람이라 여기고 그를 가까이 두었다. 새로 기용된 장수는 강력한 군대를 만드는 방법을 왕에게 진언했다.

"우선 첫째로, 더 많은 군사를 모아야 할 줄로 아옵니다. 그렇지 않으면 이 나라에는 집안일을 일삼는 백성들이 너무 많아지게 되옵니다. 특히 젊은 사람들은 가릴 것 없이 모두 징집해서야 하옵니다.

둘째로, 신식 소총과 대포를 만들지 않으면 안 되옵니다. 신이 흡사 콩을 흩뿌리듯이 한 번에 백 발의 총알이 나가는 총을 만들어 올리겠사옵니다. 그리고 어떤 것이든 불로 태워버릴 수 있는 무서운 성능의 대포도 만들겠사옵니다. 이것은 사람이고, 말이고, 성벽이고 할 것 없이 모든 것을 깡그리 태워 없앨 것이옵니다."

세묜 왕은 새로 기용된 장수의 진언을 받아들였다. 그리하여 젊은이들을 모조리 징집할 것을 명령하고, 새로운 공장을 지어서 신식 소총과 대포를 만들어냈다. 그러고는 이내 이웃 나라에 싸움을 걸었다. 싸움이 벌어지자마자 세묜 왕은 군사들에게 적군을 향해 총과 대포를 마구 사용하라고 명령하여 단숨에 쳐부수고 그 절반을 불태워버렸다. 이웃 나라의 왕은 질겁하여 곧 항복하고 나라를 바쳤다. 세묜 왕은 크게 기뻐하며 말했다.

"이번에는 인도를 정복해야지."

그런데 인도 왕은 세묜 왕의 소문을 듣고 그의 전력을 완전히 알아차렸을 뿐만 아니라 그것에 제 생각을 덧붙였다. 인도 왕은 젊은 청년들뿐만 아니라 여자들까지도 모조리 군사로 뽑았다. 그리하여 그의 군사들은 세묜의 군사보다 훨씬 더 많아졌다. 게다가 그는 소총이며 대포를 만드는 법을 이미 알고 있는 데다, 공중을 날아 머리 위에서 포탄을 던지는 것까지 생각해냈다.

세묜 왕은 인도 왕에게 싸움을 걸었다. 그는 이번 싸움도 지난번과 마찬가지로 일격에 승리할 거라고 믿었다. 그러나 날카로운 낫이라고 해도 언제나 잘 드는 것은 아니었다. 인도 왕은 세몬의 군대가 사정거리 안으로 들어오는 것을 막고, 여자 군사들을 비행기에 태워 공중에서 마치 진딧물 위에 약을 뿌리듯 세몬의 군대에 포탄을 퍼부었다. 세몬의 군대는 모두 혼비백산하여 여기저기로 어지럽게 도망갔고 결국 세몬 왕 혼자만 남게 되었다. 인도 왕은 세몬의 나라를 빼앗고, 세몬은 가까스로 도망쳐 발 닿는 대로 정처 없이 돌아다녔다.

맏형을 결딴 내놓은 큰 도깨비는 이번에는 타라스 왕에게 갔다. 그는 장사꾼으로 둔갑하여 타라스의 나라에 자리 잡고는 선심을 베풀면서 마구 돈을 쓰기 시작했다. 이 장사치는 물건에 높은 가격을 매겨 돈을 치러 주었기 때문에 백성들은 모두 그에게 몰려들었다. 이리하여 백성들의 호주머니가 두둑해져 모든 체납금을 말끔히 내게 되었고, 어떤 세금이건 간에 기한 안에 딱딱 바치게 되었다.

타라스 왕은 크게 기뻐하고, 그 장사치를 고맙게 여겼다. 타라스는 계속해서 더 많은 돈이 생겼고, 갈수록 생활이 나아졌다. 그리하여 타라스 왕은 자신의 새 궁전을 짓기 시작했다. 그는 백성들에게 목재와 돌을 운반하게 하고는 비싼 품삯을 쳐주겠다고 약속했다. 타라스 왕은 전과 마찬가지로 자신의 돈을 노린 백성들이 일을 하기 위해 몰려들 것이라고 생각했다. 그런데 재목이며 돌은 모두 그 장사치에게로 실려가고, 일꾼들 또한 그리로 몰려가는 것이 아닌가.

장사치는 타라스 왕보다 높게 품삯을 매겼다. 그래서 결국 궁전은 착공만 된 채 좀처럼 준공되지 않았다.

타라스 왕은 새 정원을 만들기로 계획했다. 가을이 다가오자 그는 정원을 만들러 오라고 백성들에게 알렸다. 그러나 오는 사람은 아무도 없었고, 모두 장사치네 못을 파기 위해 가버렸다. 겨울이 오자 타라스는 새 외투를 짓기 위해 검은담비 가죽을 사야겠다고 생각하고 신하를 보냈더니 그 신하가 돌아와서 이렇게 말했다.

"그 장사치가 모조리 사들였기 때문에 검은담비는 없사옵니다. 그자는 매우 비싸게 값을 치렀고, 그 가죽으로 방석까지 만들었다고 하옵니다."

이번에 타라스 왕은 종마를 사기 위해 신하를 내보냈는데 모두 빈손으로 돌아와서는, 좋은 종마는 모두 그 장사치

손에 들어가 그의 못을 채울 물을 나르고 있다고 말했다. 모두 왕의 일이라면 아무것도 해주지 않으면서도, 장사치를 위해서는 무슨 일이라도 하려고 했다. 단지 장사치에게서 번 돈을 가지고 와서 세금으로 낼 뿐이었다.

그리하여 타라스 왕은 돈이 남아돌아 그것을 어디에 두어야 할지 모를 정도였지만 생활은 차츰 나빠졌다. 이제는 모든 계획을 그만두고 어떻게든 살아갈 궁리를 하지 않으면 안 되었다. 모든 것이 옹색해졌다. 요리사도 여자도 사제도 모두 장사치 쪽으로 빠져나갔다. 이제는 식료품까지 모자랐다. 시장으로 물건을 사러 가보아도 아무것도 없었다. 그 장사치가 한 번에 모두 사들였고, 그는 다만 세금만 받을 뿐이었다.

타라스 왕은 화가 잔뜩 나서 장사치를 내쫓았다. 그러나 그는 국경에 도사리고 앉아 역시 똑같은 짓을 했다. 사람들은 열심히 장사치의 돈을 보고 그에게만 몰려갔다. 타라스 왕의 사정은 완전히 악화되고 말았다. 며칠씩 먹지도 못하는가 하면, 장사치가 왕비까지도 사려 한다는 풍문까지 들려왔다. 타라스 왕은 주눅이 들어 이제 더 이상 어떻게 해야 할지 몰랐다. 그러던 어느 날, 맏형인 세몬이 그에게 찾아와 말했다.

"좀 도와줘. 인도 왕에게 패했어."

그러나 배불뚝이 타라스 역시 뱃가죽이 등에 붙을 지경이었다.

"나도 꼬박 이틀 동안 아무것도 먹지 못했단 말이에요."

11

　　큰 도깨비는 두 형제를 망하게 한 후 이반을 찾아갔다. 장수로 둔갑한 큰 도깨비는 이반에게 군대를 만들라고 권했다.

　　"왕께서 군대 없이 지내신다는 것은 체통이 서지 않는 일이옵니다. 어명을 내리시기만 하면 신이 백성 중에서 군사들을 뽑아 훌륭한 군대를 만들어 올리겠사옵니다."

　　그의 말을 들은 이반이 말했다.

　　"그것도 좋은 말이오. 그럼, 어디 만들어보시오. 그리고 그들이 노래를 잘 부르도록 가르치시오. 나는 그것을 좋아하니까."

큰 도깨비는 이반의 나라를 돌아다니면서 지원병을 모집했다. 군사를 지원하는 자는, 보드카 한 병과 빨간 모자를 타게 될 것이라고 설명했다. 바보들은 코웃음을 쳤다.

"술 따위는 우리에게도 얼마든지 있어. 우리가 직접 술을 빚고 있으니까 말이야. 그리고 모자도 언제든지 여자들이 만들어준단 말이야. 얼룩덜룩한 것은 물론 술이 너슬너슬한 것까지도."

이리하여 군인을 지원하는 사람은 한 명도 없었다. 큰 도깨비는 이반에게 찾아와 말했다.

"어리석은 바보들은 자진해서 군사가 되려고 하지 않사옵니다. 그들을 권력으로 몰아대야 할 줄로 아옵니다."

"응, 그것도 좋겠는걸. 그럼 권력으로 몰아대 보시오."

큰 도깨비는 포고했다.

"백성들은 모두 군사가 되어야 하며, 만일 거역하는 자가 있으면 이반 왕께서 참형을 내리실 것이다."

바보들은 장수에게 찾아와 이렇게 말했다

"당신은 우리가 군사가 되지 않으면 왕께서 참형을 내리신다고 말씀하고 계시는데, 군사가 되면 어떻게 된다는 건 말씀하지 않았습니다. 군대에 나가면 목숨을 잃는다는 말이 있던데…."

"그렇지. 그런 일이 없는 것도 아니지."

그 말을 들은 바보들은 그대로 옹고집이 되어버렸다.

"그럼, 우리는 나가지 않겠습니다. 차라리 집에서 죽는 것이 더 낫지 않습니까? 어차피 죽어야 하는 거라면."

"너희는 참 바보구나. 군사가 됐다고 해서 꼭 죽는 것은 아니야. 그렇지만 군사가 되지 않으면, 영락없이 이반 왕에게 죽임을 당하고 말 거다. 이놈들아!"

바보들은 곰곰이 생각하다가 바보 이반에게 찾아갔다.

"장수께서 나오셔서 모두 군사가 되라고 저희에게 명령하고 계시옵니다. 군대에 나가면 죽지 않을지도 모르지만 나가지 않으면 저희에게 참형을 내리실 거라고 말씀하고 계시는데 그게 정말입니까?"

이반은 껄껄 웃었다.

"그래, 어떻게 짐이 혼자서 그대들을 모두 참형할 수 있단 말인가? 짐이 바보가 아니었다면 그대들이 잘 알아든도록 설명했으련만, 짐도 뭐가 뭔지 통 모르겠으니 말이오."

"그렇다면 저희는 군대에 나가지 않겠사옵니다."

"그럼 그렇게들 하지. 나가지 않아도 좋아."

바보들은 장수에게 가서 군사가 되기를 거절했다. 큰 도 깨비는 이 일이 잘되지 않자 이웃 나라의 타라칸 왕에게 가서 알랑알랑 비위를 맞추면서 싸움을 부추겼다.

"싸움을 걸어서 이반 왕을 치십시오. 그 나라엔 비록 돈은 없을지라도 곡식이며 가축, 그 밖의 모든 것이 풍부하게 있으니까요."

타라칸 왕은 싸움을 걸기로 했다. 먼저 대군을 모으고 총이며 대포를 갖추고는, 이반의 나라를 침범했다. 사람들이 이반에게 달려와 아뢰었다.

"타라칸 왕이 싸움을 걸어왔사옵니다."

"뭐 어때. 싸움을 걸 테면 걸어보라지."

타라칸 왕은 국경을 넘자 선발대를 보내 이반 군대의 동정을 살피게 했다. 그들은 여기저기 돌아다녔지만, 군대 같은 것은 어디에도 보이지 않았다. 그러나 어디선가 나타날지 모른다고 생각하고는 오래오래 기다렸지만, 군대에 관

해서는 어떤 소문도 들을 수 없었다. 싸우려고 해도 싸울 상대가 없었다. 타라칸 왕은 군사를 보내 마을을 점령하게 했다. 군사들이 한 마을에 들이닥쳤다. 그러자 남녀 바보들이 뛰어나와 군사들을 바라보더니 미심쩍어하며 놀라는 눈치였다. 군사들은 바보들에게서 곡식이며 가축을 약탈해갔다. 바보들은 무엇이건 선선히 내주었고, 어느 누구도 자신을 지키기는커녕 여기 와서 살라고 권유하는 것이었다. 딴 마을로 가보았으나 거기도 역시 마찬가지였다. 군사들은 그날도 그 이튿날도 여기저기 돌아다녀 보았으나 이르는 곳마다 모두 똑같았다. 있는 대로 다 탈탈 털다시피 내주었고, 어느 한 사람도 자신을 지키려고 하지 않았다.

"이것 보세요. 당신네 나라에서 살기 어려우면 우리나라에 와서 사세요."

군사들은 사방팔방으로 돌아다니면서 알아보았으나, 군대 같은 건 없었고, 백성들은 모두 일을 하면서 자기 스스로 살아가는 동시에 서로 도와주고 있었다. 군사들은 이내 지루해져 타라칸 왕에게 돌아갔다.

"소신들은 전쟁을 할 수가 없사옵니다. 차라리 다른 나라로 보내주시옵소서. 전쟁다운 전쟁이면 좋겠사옵니다. 그런데 이건 무엇이옵니까? 마치 힘없고 약한 사람들을 무참히 죽이는 것 같아 이 나라에서는 더 이상 싸울 수 없사옵니다."

타라칸 왕은 화가 머리끝까지 치밀었다. 그리하여 온 나라를 돌아다니면서 마을을 쑤셔놓고 집과 곡식을 불사르며 가축들을 죽여버리라고 명령했다.

"만일 어명에 따르지 않는 자가 있으면 누구든 가차 없이 처벌하리라."

군사들은 깜짝 놀라 왕의 명령을 실행했다. 그들은 집이며 곡식을 불태우고 가축을 죽였다. 그런데도 바보들은 모두 자신을 지키려고 하지 않고 그저 울기만 할 뿐이었다.

"왜 우리를 괴롭히는 겁니까? 어째서 우리 재산을 빼앗아가는 겁니까? 필요하면 차라리 그냥 가져가면 될 것을…"

군사들은 어쩐지 침울해졌다. 그래서 더 이상 돌아다니기를 그만두었다. 이윽고 군대는 뿔뿔이 흩어지고 말았다.

12

　이리하여 큰 도깨비는 떠나버렸다. 군대의 힘으로는 이반을 괴롭히지 못했던 것이다. 큰 도깨비는 다시 말쑥한 신사로 둔갑하여 이반의 나라로 왔다. 배불뚝이 타라스와 마찬가지로 돈으로 이반을 괴롭히고 싶었던 것이다.

　"나는 훌륭한 지식을 전달함으로써 당신들에게 도움을 드리고자 합니다. 나는 먼저 이 나라에 집을 짓고 장사를 시작하겠습니다."

　"거 좋은 일이오. 그렇다면 여기서 사시죠."

　이튿날 아침, 그는 금화가 들어 있는 커다란 자루와 종이 조각을 가지고 광장으로 나가 말했다.

"여러분은 마치 돼지처럼 살고 있습니다. 그래서 나는 여러분에게 어떻게 살아야 하는지 가르쳐주고자 합니다. 먼저 이 도면처럼 집을 지어주세요. 여러분은 일을 하고 지시는 내가 하겠습니다. 그리고 답례로 이 금화를 드리겠습니다."

그는 그들에게 금화를 보여주었다. 바보들은 깜짝 놀랐다. 지금까지 그들에게는 돈이라는 것이 없었고, 필요할 때는 그저 서로 물건을 바꾸며 품앗이를 해왔기 때문이었다. 그들은 금화에 반해버렸다.

"거 노리갯감으로 썩 좋은데."

큰 도깨비는 타라스의 나라에서 했듯이 누런 금화를 마구 뿌려대기 시작했다. 그러자 사람들은 금화와 물건을 바꾸기도 하고, 금화를 얻기 위해 그에게 드나들었다. 큰 도깨비는 속으로 고소해하면서 이렇게 생각했다.

'이쯤 되면 일이 순조롭게 돼가는 것이렷다. 이번에야말로 그 바보 녀석을 타라스처럼 엉망진창이 되게 해주리라. 그 녀석을 다시는 일어나지 못하게 만들어야지.'

바보들은 금화를 손에 넣자마자 목걸이로 만들어 아낙

네들에게 나누어주기도 하고, 여자 아이들에게 장식으로 달아주기도 했다. 얼마 후 어린아이들까지도 금화를 갖고 놀 정도로 금화가 흔해졌다. 모든 사람이 많은 금화를 갖게 되자 더 이상 얻으려고 하지 않았다. 그런데 말쑥한 신사의 대궐 같은 집은 아직 절반도 지어지지 않은 데다, 곡식이며 가축 역시 한 해 치도 비축되어 있지 않았다. 그래서 신사는 이렇게 말했다.

"나한테로 일하러 오라! 곡식이며 가축을 갖고 오라! 어떤 물건이 됐건 그 값으로 많은 금화를 주겠다."

그러나 어느 한 사람 일하러 가는 자도, 무엇 하나 들고 가는 사람도 없었다. 이따금 사내애며 여자애가 뛰어와서 달걀과 금화를 바꾸거나, 금화를 받고 물건을 날라다 주는 정도가 고작일 뿐 달리 찾아오는 사람은 아무도 없었다. 그래서 말쑥한 신사에게는 차츰 먹을 것이 부족하게 되었다.

그러다 그는 어느 한 집에 들어가 암탉을 사려고 금화를 내밀었다. 그러자 안주인이 말했다.

"그런 건 우리 집에 숱하게 있어요."

이번에는 어느 날품팔이꾼 집에 들러 비옷을 살 양으로

금화를 내밀었다. 그러자 그는 이렇게 말했다.

"우리 집에 그런 건 필요 없어요. 어린애들이 없어서 아무도 가지고 놀 사람이 없어요. 그리고 하도 귀물이어서 이미 세 닢이나 가져다 놨습니다."

다음에 큰 도깨비는 빵을 사려고 어느 농사꾼 집에 들렀다. 그러나 그 농사꾼도 돈을 받지 않았다.

"우리 집에선 필요 없어요. 적선을 하는 거라면 몰라도. 그럼 좀 기다리시구려. 금방 여편네에게 빵을 대접해드리라고 이를 테니까."

큰 도깨비는 침을 탁 뱉고, 냅다 농사꾼 집에서 줄행랑을 놓았다. 적선을 받느냐 안 받느냐 하는 것은 전혀 문제가 되지 않았다. 그로서는 이런 말을 듣는 것이 어떤 칼보다도 더 무서웠던 것이다. 이렇게 해서 큰 도깨비는 빵도 얻지 못하고 말았다. 사람들은 금화를 충분히 손에 넣었던 것이다. 그리하여 큰 도깨비가 내미는 돈을 보고는 어떤 것도 주지 않았으며, 모두 이렇게 말하는 것이었다.

"무엇인가 딴것을 가지고 오거나, 일을 하러 오거나 그렇지 않으면 적선을 바라고 동냥을 하러 오거나 하구려."

그러나 큰 도깨비는 돈 외에는 아무것도 가진 게 없었다. 그렇다고 일을 하기는 싫었고, 또 적선을 바라고 동냥을 할 수도 없었다. 큰 도깨비는 화가 잔뜩 났다.

"어떻게 된 거야? 당신들은 금화가 더 필요할 텐데 말이야. 돈만 있으면 무엇이든 살 수 있고, 어떤 일꾼이든지 들여놓을 텐데 말이야."

그러나 바보들은 그 말을 듣는 둥 마는 둥 했다.

"아니죠. 그런 건 필요 없습니다. 여기선 지불이라든가 세금이라든가 하는 게 하나도 없으니까요. 그러니까 그까짓 돈 따위는 많이 가져도 전혀 쓸모가 없어요."

큰 도깨비는 저녁도 먹지 못한 채 잠자리에 들었다. 이 일이 바보 이반의 귀에 들어갔다. 백성들이 그에게로 찾아와 이렇게 물었기 때문이다.

"도대체 소신들은 어떻게 해야 하오리까? 소신들에게 말쑥한 신사가 나타났사옵니다. 그는 맛있는 음식이나 좋은 술만을 좋아하고 깨끗한 옷이나 입기 좋아하면서 일은 숫제 하려고 들지도 않고, 동냥을 하지도 않고, 그저 금화라는 것을 내밀기만 할 뿐이니 말이옵니다. 금화가 모이기 전에는 모두 그 신사에게 무엇이나 다 주었는데, 이제는 그 어떤 것도 주는 사람이 없으니 이 신사를 어떻게 해야 합니까? 굶어 죽지는 않아야 할 텐데 말이옵니다."

이반은 다 듣고 나서 이렇게 말했다.

"아무렴, 그렇고말고. 먹여 살려야 하느니라. 목자처럼 집집마다 돌아다니게 하라."

할 수 없이 큰 도깨비는 이 집 저 집 돌아다니게 되었다. 그렇게 하는 동안 이반의 궁궐에 들를 차례가 돌아왔다. 큰 도깨비가 점심을 먹으러 갔을 때 이반의 벙어리 여동생이 점심을 차리고 있었다. 그녀는 지금까지 자주 게으름뱅이에게 속아왔다. 게으름뱅이는 일은 하지도 않으면서 꼭 맨 먼저 밥을 먹으러 와서는 장만해놓은 음식을 싹싹 먹어 치우곤 했다. 그래서 벙어리 처녀는 사람의 손만 보고도 게으름뱅이를 곧잘 알아보았다. 그리하여 손에 못이 박인 사람은 자리에 앉히지만 못이 박이지 않은 사람에게는 먹다 남은 찌꺼기를 주었다.

큰 도깨비가 식탁 앞에 앉자, 벙어리 처녀는 그 손을 살짝 들여다보았다. 못이 박이지 않은 손이었다. 손은 깨끗하

242

고 손톱이 길게 자라 있었다. 벙어리 처녀는 무엇이라고 외쳐대더니 큰 도깨비를 식탁 앞에서 끌어냈다.

그러자 이반의 아내가 큰 도깨비에게 말했다.

"나무라지 마세요. 우리 시누이는 손에 못이 박이지 않은 사람은 식탁 앞에 앉지 못하게 하니까요. 자, 잠깐 기다리세요. 곧 모두 드실 테니까, 그다음에 남은 것을 잡수세요."

'궁궐에서는 나에게 돼지에게 먹이는 것과 똑같은 것을 먹이려 하는구나.'

이렇게 생각하자 큰 도깨비는 몹시 화가 났다. 그리하여 이반에게 말했다.

"이반 왕의 나라에는 모든 사람에게 손으로 일을 하도록 하는 어리석은 법률이 있나 봅니다. 하지만 그것은 여러분이 어리석기 때문에 그러는 것이옵니다. 영리한 사람은 무엇으로 일을 하는지 아십니까?"

"바보인 우리가 어찌 그런 것을 다 알겠는가? 우리는 무엇이나 대체로 손과 등으로 일하고 있지."

"그것은 말하자면 여러분이 바보이기 때문이옵니다. 그럼 소신이 어떻게 머리로 일하는지 그 요령을 가르쳐드릴

까 합니다. 그러면 여러분도 손보다는 머리로 일하는 편이
이롭다는 것을 알게 될 것이옵니다."

이반은 놀랐다.

"음, 그러고 보니 그것이 바로 우리가 바보로 불리는 이
유였구나!"

그러자 큰 도깨비가 말했다.

"그러나 결코 쉽지는 않습니다. 소신의 손에 못이 박이지
않았다고 하여 먹을 것을 주시지 않으나, 그것은 머리로 일
하는 것을 모르시기 때문입니다. 즉 머리로 일하는 것이 백
갑절이나 더 어렵다는 것을 아셔야 하옵니다. 때로는 머리
가 빠개지는 수도 있으니까 말입니다."

이반은 생각에 잠겼다.

"한데 어찌하여 그대는 그렇게 자신을 괴롭히는 거지?
머리가 빠개지는 수도 있다니, 과연 쉬운 일은 아니로다!
그보다 난 차라리 그대로 등과 손을 써서 더 쉽게 일을 하
면 될 것이 아닌가?"

그러자 큰 도깨비는 말했다.

"소신이 제 자신을 괴롭히는 것은 바보인 여러분을 불쌍

히 여기기 때문입니다. 만일 소신이 자신을 괴롭히지 않는다면, 여러분은 영원히 바보가 되고 말 것이옵니다. 그러나 소신은 머리로 일을 해왔으니 이제부터 여러분께 가르쳐드릴까 합니다."

"어디, 손이 지쳤을 때 머리로 대신할 수 있다는 그 법을 가르쳐주게."

큰 도깨비는 그것을 가르쳐주겠다고 약속했다. 이반은 온 나라에 방을 붙였다.

「훌륭한 신사가 나타나 여러분에게 머리로 일하는 법을 가르쳐준다. 머리로는 손보다 훨씬 더 많은 일을 할 수 있다. 모두 배우러 나오라!」

그리하여 광장에는 높은 망대가 세워지고 거기에 반듯한 사다리가 걸쳐지고 위에 단이 마련되었다. 이반은 신사의 모습이 잘 보이도록 그곳으로 안내했다. 신사는 단 위에 서서 지껄이기 시작했다. 바보 백성들은 구경을 하러 꾸역꾸역 모여들었다. 바보들은 손을 쓰지 않고 머리로 일을 하려면 어떻게 해야 하는지를 신사가 실제로 보여주려니 하고 생각했던 것이다. 그러나 큰 도깨비는 다만 그저 말로만 어떻게 하면 일을 하지 않고도 살아갈 수 있는지를 가르칠 뿐이었다.

바보들에게는 뭐가 뭔지 통 납득이 가지 않았다. 그래서 잠시 바라보고 있다가 이윽고 저마다 일하러 뿔뿔이 흩어져버렸다.

큰 도깨비는 하루 종일 망대 위에 서 있었다. 다음 날도 내내 서 있었다. 그리하여 바보들은 만일 저 사람이 손보다 머리로 훨씬 더 일을 잘할 수 있다면 머리로 빵쯤은 실컷 만들겠거니 생각하고 단 위의 그에게 빵을 가져다주어야겠다는 생각은 아예 하지도 않았다. 큰 도깨비는 그 이튿날도 단 위에 올라서서 줄곧 지껄여댔다. 그러나 사람들은 가까이 다가와 잠시 바라보고는 이내 또 이리저리 흩어져 갈 뿐이었다.

이반은 이따금 물었다.

"그래, 어떤가, 그 신사는 머리로 일을 하기 시작했나?"

"아니옵니다. 지금도 열심히 지껄여대고 있기만 할 뿐입니다."

큰 도깨비는 하루 종일 단 위에 서 있었고, 조금씩 쇠약해져 비틀거리게 되었다. 한 차례 비틀거리다가 그만 기둥에 머리를 부딪쳤다. 한 바보가 이것을 보고 이반의 아내에게 알리자 그녀는 들에 나가 있는 남편에게로 달려갔다.

"자, 구경을 하러 가시죠. 신사가 드디어 머리로 일을 하기 시작한 모양이옵니다."

"그게 정말이오?"

이렇게 말한 이반은 말을 돌려 망대로 갔다. 가까이 오자 큰 도깨비는 굶주리다 못해 이젠 쇠약해질 대로 쇠약해져 비틀거리면서 머리를 기둥에 박는 것이었다. 그러다가 이반이 도착한 그 순간, 도깨비는 푹 거꾸러지더니 우당탕 소리를 내면서 한 층 한 층 발판을 세기라도 하듯이 거꾸로 굴러 떨어졌다. 이반은 머리를 끄덕이며 말했다.

"아하, 언젠가 머리가 빠개질 수도 있다고 신사가 말하더니, 아닌 게 아니라 정말인걸. 이건 정말 못이 박이는 게 문제가 아니다. 저렇게 일하다가는 머리가 남아나지 않을 게 아닌가."

큰 도깨비는 사닥다리 밑으로 굴러 떨어져 땅바닥에 머리를 처박고 말았다. 신사가 얼마나 많은 일을 했는지 볼 생각으로 이반이 가까이 다가서려고 하는데, 별안간 땅 밑이 쫙 갈라지더니 큰 도깨비는 땅속으로 떨어져 들어가고, 나중에는 그저 구멍만 하나 남았다.

이반은 머리를 긁적거리며 중얼거렸다.

"아, 이런 빌어먹을 게 다 있나! 아니, 또 그놈이었단 말인가! 그놈들의 애비가 틀림없다. 별별 지독한 놈도 다 있구나!"

이반은 지금까지도 살아 있고, 많은 백성이 그의 나라로 몰려오고 있다. 두 형들도 찾아와 이반에게 의지해 살아가고 있다. 누군가가 찾아와 "우리를 좀 먹여 살려주시구려." 하고 말하면, "그렇게 하지. 와서 살게나. 여기엔 무엇이든지 있으니까." 하고 말한다.

그러나 이 나라엔 단 한 가지 지켜야 할 관습이 있다. 손에 굳은살이 박인 자는 식탁 앞에 앉을 수 있지만, 못이 박이지 않은 자는 남들이 먹다 남은 음식 찌꺼기를 먹어야 했다.

사람에게는 얼마만큼의 땅이 필요한가?

1

도시에 사는 언니가 시골에 사는 여동생을 찾아왔다. 언니는 도시 상인과 결혼했고 동생은 시골 농부와 결혼했다. 두 자매는 차를 마시면서 여러 가지 이야기를 나누고 있었다. 그러다가 언니는 자기의 도시 생활을 자랑하기 시작했다. 도시에서 얼마나 넓고 아담한 집에서 살고 있는지, 아이들을 얼마나 잘 입혀놓았는지, 얼마나 맛난 것을 먹고 마시고 있는지, 얼마나 자주 마차를 타고 놀러 다니며 극장 구경을 하는지 등을 열심히 늘어놓았다.

언니의 얘기에 동생은 분한 생각이 들어서 상인의 생활

을 깎아 내리고 자기네 마을 생활을 치켜 올렸다.

"나는 어떤 일이 있어도 내 생활을 언니 생활과 바꾸고 싶은 마음은 없어요. 물론 우리 집 생활이 화려하지는 않아요. 하지만 그 대신 걱정이란 게 없거든요. 언니네 생활이 얼핏 보면 호사스럽지만, 그게 실은 벌지 못하면 졸지에 빈털터리가 되는 수밖에 없는 것 아니겠어요?

속담에 '오늘의 부자도 내일이면 남의 집 처마 밑에 서게 된다.'라는 말이 있잖아요. 거기에다 대면 우리네 농사일은 탄탄하단 말예요. 농사꾼 생활은 오래 가거든요. 부자는 못 되더라도 배고플 일은 없으니까요."

그러자 언니가 대꾸했다.

"배만 고프지 않으면 뭘 해? 돼지나 송아지와 함께 사는 주제에! 그렇다고 좋은 옷을 입어, 좋은 교제를 해? 네 남편이 아무리 억척같이 굴어봐야 결국 거름 속에서 살다가 거름 속에서 죽지 뭐니? 네 아이들 역시 마찬가지지."

동생은 말했다.

"그게 우리의 일인걸요. 그 대신 우리네 생활은 자유스럽고 건전해서 누구에게 복종하거나 아부할 필요가 없어요.

그러나 도시 사람들은 어떤가요? 언니처럼 유혹과 불안 속에서 하루하루를 살 거예요. 오늘은 무사하더라도 내일이면 어떤 악마에게 홀릴지 모르니까요. 형부만 하더라도 그렇지, 언제 노름에 미칠지 술에 빠질지 알 게 뭐예요. 그리고 그렇게 되는 날에는 모든 게 끝장나는 게 아니겠어요? 안 그래요?"

동생의 남편인 바흠은 벽난로 곁에서 여자들이 하는 이야기를 듣고 있었다.

"그 말이 옳아, 옳은 얘기야. 우리야 어릴 때부터 땅을 파먹고살아왔으니 어리석은 생각은 할 수가 없지. 지금 이 생활에서 땅만 여유가 있다면 겁날 게 없어. 악마도 무섭지 않아."

여자들은 차를 다 마신 뒤에도 한참 동안 옷 이야기를 하다가 찻잔을 치우고 잠자리에 들었다. 그런데 악마가 난로 옆에 웅크리고 앉아 그들의 대화를 모두 듣고 있었다. 악마는 농부가 아내의 이야기에 말려들어 자기에게 땅만 있으면 악마도 무섭지 않다고 큰소리치는 것을 듣고 매우 기뻐했다.

"됐어!"

악마는 생각했다.

'어디, 너와 한번 승부를 겨루어보자. 내가 너에게 땅을 듬뿍 주지. 땅으로 너를 사로잡고 말 테다.'

2

바흠이 사는 마을과 가까운 마을에 여자 지주가 살고 있었는데 약 120데샤티나(1데샤티나는 약 1헥타르)가량 되는 땅을 가지고 있었다. 그녀는 이제까지 농부들과 사이좋게 지내 왔고, 농부들을 학대한 일도 없었다. 그런데 최근에 군인 출신 남자가 관리인으로 고용되었는데, 그는 걸핏하면 트집을 잡아 벌금을 받아내어 농부들을 괴롭혔다.

바흠 역시 아무리 조심해도 말이 지주네 귀리밭으로 뛰어든다든가, 암소가 지주 집 마당으로 들어간다든가, 송아지가 풀밭으로 들어간다든가 하는 것은 막을 도리가 없었다. 그때마다 일일이 벌금을 물 수밖에 없었다. 벌금을 물게 될 때마다 바흠은 집안 식구들을 욕하며 때리곤 했다. 이 관리인 때문에 바흠은 여름 동안 무척이나 고생을 했다. 가축들을 우리에 들여놓을 계절이 되자 오히려 마음이 홀가분해졌을 정도였다. 사료는 아까웠지만 걱정거리가 없어졌기 때문이었다.

그런데 겨울 동안 지주가 땅을 팔려고 하고, 그 땅을 큰길의 여관집 주인이 사려 한다는 소문이 떠돌았다. 농부들은 그 말을 듣고 걱정이 되어 한숨을 내쉬었다.

'만일 여관집 주인이 땅을 사게 되면, 그자는 지주네보다 더 지독한 벌금을 매길 게 틀림없어. 그러나 우리는 이 땅 없이는 살아갈 수가 없지. 모두 이 주변에서 살고들 있으니…'

사람들은 한 덩어리가 되어 지주를 찾아가 땅을 여관집 주인에게 팔지 말고 자기들에게 양도해 달라고 부탁했다. 마을 사람들은 마을 조합에서 땅을 모두 사들일 준비를 하고, 여러 번 집회를 가졌으나 결정을 내릴 수가 없었다. 악마가 훼방을 놓았기 때문에 어떻게 해도 그들의 의견을 모을 수 없었던 것이다.

그래서 사람들은 자기 형편대로 따로따로 사기로 했다. 지주 쪽에서도 이에 동의했다. 이웃집 사람이 20데샤티나를 지주에게 반액을 주고 샀으며 그 반액은 1년 안에 갚으면 된다는 이야기를 들은 바흠은 부러웠다.

'다들 땅을 다 사버리면 나는 아무것도 없잖아?'

그래서 그는 아내와 의논했다.

"다들 땅을 사는데 우리도 10데샤티나쯤은 사야 하지 않겠소? 그러지 않고는 살아갈 수가 없단 말이야. 관리인 녀석이 물리는 벌금 때문에 살 수가 없어."

두 사람은 어떻게 하면 땅을 살 수 있을지 의논했다. 그들에게는 모아 둔 100루블이 있었다. 그래서 망아지 한 마리와 벌꿀을 팔아 선금을 받고 아들은 머슴살이를 보내고, 동서에게서 빚을 내어 겨우 땅값의 반을 모았다. 그런 다음 바흠은 조그만 숲이 있는 15데샤티나의 땅을 점찍어놓고 지주를 찾아가 가격을 흥정하고 계약금을 치렀다. 그리고 도시에 나가 매매 수속을 끝냈는데 돈은 반액만 지불하고, 나머지는 2년 안에 치르기로 했다.

이렇게 해서 바흠은 땅 주인이 되었다. 바흠은 씨앗을 빌려서 사들인 땅에 농사를 지었다. 농사는 잘 되었다. 바흠은 마침내 진짜 지주가 되었다. 자기 땅을 경작해서 씨를 뿌리고, 자기의 목초지에서 꼴을 베고, 자기 땅에서 땔감을 만들고, 자기 땅에서 가축을 길렀다.

바흠은 영원히 자기 소유가 된 밭을 갈러 나가거나 경작물이나 목초지의 상태를 보러 나갈 때마다 기쁨으로 뿌듯했다. 거기에 가면 꽃도 풀도 다른 집 것과는 다르게 느껴졌다. 전에도 곧잘 지나다녔던 그 땅이 틀림없었으나, 지금은 아주 특별한 땅으로 생각되는 것이었다.

3

이렇게 바흠은 날마다 기쁨으로 보내고 있었다. 만약 마을 사람들이 그의 농작물이나 목초지를 망치지만 않았더라도 모든 것이 더할 나위 없이 잘되었을 것이다. 소에 꼴을 먹이러 나온 사람이 그의 목초지에 소를 밀어 넣기도 하고, 말을 풀어놓아 짓밟기도 하는 것이었다. 이럴 때면 그는 소나 말의 주인에게 진지하게 부탁도 해보았지만 도무지 효과가 없었다. 처음에 바흠은 그것을 내쫓기만 하고 너그럽게 넘겼을 뿐 단 한 번도 법에 호소하는 일이 없었다. 그러나 참다 지쳐버린 그는 마침내 재판소에 고발했다. 원래 사람들이 그런 짓을 하는 건 땅이 좁아서지 마음이 나빠서 그러는 것이 아니라는 것은 잘 알고 있었지만 한편으로는 이런 생각도 들었다.

'그렇다고 이대로 내버려 둘 수는 없지 그러다가는 내가 망하겠는걸. 혼을 좀 내줄 필요가 있어.'

그는 재판을 걸어 사람들에게서 벌금을 받아냈다. 그래서 이제는 반대로 사람들이 바훔을 원망하고, 일부러 밭과 목초지를 짓밟기 시작했다. 어떤 사람은 밤중에 숲으로 몰래 들어가 여남은 그루의 보리수나무 껍질을 벗겨버렸다. 바훔이 숲속을 지나가다 보니 무언가 허연 것이 눈에 띄었다. 가까이 가보니 껍질이 벗겨진 보리수나무가 잔뜩 어질러져 있었고, 둥치가 잘린 그루터기가 여기저기 남아 있었다.

'베려면 숲 가장자리의 것이나 베든지, 한 그루 정도라도 남겨두었으면 좋았을 텐데….'

바훔은 화가 치밀었다.

'나쁜 놈들 같으니. 이놈들을 찾아내서 단단히 혼을 내줘야지.'

그는 누구의 소행일까 곰곰히 생각해보았다. 그리고 아

무래도 쇼무카의 짓이 틀림없다고 생각하고는 곧장 쇼무카의 집으로 찾아갔으나 말다툼만 했을 뿐 아무것도 얻은 것이 없었다. 그래서 바흠은 더욱더 쇼무카의 짓이 틀림없다고 믿게 되었다. 바흠은 쇼무카를 고발했고, 두 사람은 법정에 서게 되었다. 수차례 취조가 있었으나 증거가 없었기 때문에 쇼무카는 무죄가 되었다. 그래서 바흠은 약이 올라 촌장과 재판관에게까지 행패를 부렸다.

"당신들은 도둑 편을 드는 거요? 만약 당신들이 올바른 생활을 하고 있다면 도둑을 용서하지는 않을 겁니다."

바흠은 재판관과 이웃 사람들을 상대로 싸움을 벌였다. 마을 사람들은 집에 불을 지르겠다고 그를 위협했다. 이렇게 되어 바흠은 넓은 땅을 가졌으나 좁은 세상에서 살아가게 되었다. 그때 농부들이 새로운 고장으로 옮기려 한다는 소문이 났다. 바흠은 생각했다.

'나야 내 땅을 떠나야 할 이유가 없지. 더구나 이 근방 사람들이 떠나면, 이곳 땅도 좀더 넓어지겠지. 그러면 나는 땅을 사서 이 부근 일대를 내 것으로 만들어야지. 그렇게 되면 살기가 좀더 좋아질 거야 아무래도 지금 상태로는 좀 좁

단 말이야.'

어느 날 바흠이 집에 있을 때 길 가던 나그네 한 사람이 들렀다. 집안사람들이 그 나그네에게 음식을 대접했다. 이 런저런 이야기를 하다가 어디서 왔느냐고 묻자 나그네는 아래쪽, 볼가 너머에서 왔으며 거기서 일을 하고 있다고 대답했다. 나그네는 그곳으로 숱한 사람들이 이주한다고 떠듬떠듬 말했다. 그들이 그곳에 이주하면 마을의 조합에 가입되어 일인당 10데샤티나씩의 땅을 얻을 수 있다고 했 다. 그리고 이런 이야기까지 들려주었다.

"그 땅이 또 어찌나 비옥한지 밀농사를 지으면 그 키가 말이 보이지 않은 정도로 잘 자라고, 밀 다섯 줌이 한 다발 이 되어버리지요. 어떤 사람은 아무것도 없이 빈손으로 왔 었는데 지금은 말 여섯 필과 암소를 두 마리나 가지게 되었 답니다."

바흠은 흥분하여 말했다.

"그렇게 잘살 수 있는 곳이 있다면, 이런 좁은 데서 고생스 럽게 살 필요가 없지. 이따위 집은 팔아버리고 거기 가서 집 을 짓고 한번 잘 살아보자. 이렇게 좁은 데에만 있다가는 평생 죄만 짓고 말 테니. 아무튼 내가 직접 가서 보고 와야지."

여름이 되자 바훔은 채비를 하여 길을 떠났다. 사마라까지 볼가 강으로 해서 기선을 타고 내려갔고, 그다음부터는 걸어서 400베르스타(1베르스타는 약 3,500피트)가량 갔다. 이윽고 목적지에 이르렀다. 모든 것이 듣던 대로였다. 농부들은 일인당 10데샤티나의 땅을 배당받아 여유롭게 지내고 있었다. 그리고 누구든지 기꺼이 조합에 가입시켜주었다. 그뿐만 아니라 돈이 있는 사람은 배당받는 땅 이외에도 제일 좋은 땅을 필요한 만큼 3루블의 가격으로 살 수 있었다.

가을이 채 되기도 전에 알고 싶은 것을 모두 알아보고 돌아온 바훔은 전 재산을 팔기 시작했다. 땅은 꽤 비싸게 팔렸고, 집도 가축도 모두 팔렸다. 그는 마을의 조합에서 탈퇴하고, 봄이 되기를 기다렸다가 가족을 데리고 새 고장으로 향했다.

4

　가족을 데리고 새로운 땅에 도착한 바흠은 곧 마을의
조합에 가입했다. 마을의 어른들을 초대하여 잔치를 베풀
고 필요한 서류를 모두 갖추었다. 바흠은 마을에 이주할
것이 허락되어 다섯 명의 가족에 대해 50데샤티나의 땅과
목장을 배당받았다. 바흠은 집을 짓고 가축도 키웠는데,
그 땅은 이제까지 가졌던 곳의 세 배나 되었고, 또 아주 비
옥했다. 생활도 전에 비해 열 배는 나아졌다. 경작지와 목
초지는 마음대로 얻을 수 있었고, 가축도 얼마든지 키울
수 있었다.

처음에 집을 짓고 가축을 늘리고 하는 동안은 바흠도 더할 나위 없이 만족했으나, 점점 이 땅도 좁다는 생각이 들었다. 첫해에 바흠은 밭에 밀을 심었다. 생각보다 잘되었다. 그는 밀농사를 더 짓고 싶었으나 배당된 땅이 모자랐다. 남은 땅은 밀농사에 적당치가 않았다. 이 지방에서는 밀을 억새밭이나 묵힌 땅에 심지 않으면 안 되었다. 1년이나 2년쯤 밀농사를 짓고 나면, 또다시 풀이 날 때까지 묵혀 두어야 했다. 하지만 그런 땅을 원하는 사람이 많았기 때문에 아무래도 모자라기 일쑤였다. 따라서 여기서도 다툼이 벌어졌다. 돈이 있는 사람은 그 땅을 갖고 싶어 했고, 가난한 사람들은 작물을 대신 받고 상인들에게 땅을 빌려주었다.

바흠은 좀 더 많은 농사를 짓고 싶었다. 그래서 이듬해에는 상인에게 가서 1년간 땅을 빌렸다. 그리하여 지난해보다 더 많이 갈았는데 그것이 풍작이 되었다. 하지만 그곳은 마을에서 멀리 떨어져 있어 15베르스타나 운반해야만 했다. 그런데 그곳에서는 상업을 겸한 농부가 별장을 가지고 부유하게 살고 있었다.

'별장을 가질 수 있다면 얼마나 좋을까? 그렇게 되면 모

든 것이 만족스러울 텐데….'

그리하여 바흠은 어떻게 해서라도 자기 소유로 하기 위해 땅을 더 사고 싶어 했다. 바흠은 이렇게 하여 3년의 세월을 보냈다. 밀농사는 해마다 풍작이 되어 돈도 많이 모았다. 하지만 매년 땅을 빌리기 위해 안달을 해야 하는 일이 귀찮게 느껴졌다. 어디 좋은 땅이 있기만 하면, 사람들이 당장 달려가 빌리기 때문에 어물어물하다가는 농사도 못 짓게 되는 것이었다. 3년 만에 그는 어떤 상인과 동업으로 마을 사람에게 목장을 빌려 쟁기질을 완전히 끝내놓았는데 사람들이 재판을 벌이는 바람에 모처럼의 노력이 허사가 되고 말았다. 그는 생각했다.

'만약 이것이 내 땅이었다면 누구에게 머리 숙일 필요도 없고, 귀찮은 일도 없었을 텐데….'

그래서 바흠은 영원히 자기 것으로 살 수 있는 땅이 없을까 물색했다. 그러다가 한 사람을 발견했다. 파산해서 가지고 있던 600데샤티나의 땅을 싸게 판다는 사람이었다. 바흠은 그 사람과 여러 번 교섭한 끝에 반액은 나중에 준다는 조건으로 1,500루블에 흥정했다. 이야기가 거의 흥정이 되었을 무렵에 한 상인이 밥을 얻어먹기 위해 바흠의 집에 들렀다. 두 사람은 차를 마시면서 이런저런 이야기를 했다. 상인은 멀리 바시키르에서 왔다고 했다. 그는 바시키르 사람에게서 5,000데샤티나의 땅을 불과 1000루블에 샀다고 말했다. 바흠이 값이 너무 싼 게 이상하여 이것저것 물어보았다.

"그저 노인들의 비위만 잘 맞춰주면 됩니다. 나는 사람들에게 술을 대접해주었지요. 그 덕택에 1데샤티나에 20코페이카라는 헐값으로 샀지 뭡니까?"

상인은 이렇게 말하며 땅문서를 보여주었다.

"또 그 땅은 모두 내를 끼고 있어서 억새풀이 나 있는 평원이랍니다."

바흠은 다시 여러 가지를 자세히 캐물었다.

"그 땅은 1년을 걸어도 아마 다 돌지 못할 거예요. 그것이 모두 바시키르 사람들 땅이지요. 그곳 사람들은 양같이 순해서 공짜나 다름없이 살 수 있어요."

바흠은 생각했다.

'가만있자, 그렇다면 땅을 사느라 빚을 내야 하는 어리석

은 짓을 뭣 때문에 한담. 그곳에만 간다면 1,000루블을 갖고도 얼마든지 많은 땅을 살 수 있을 텐데…'

5

바흠은 그곳으로 가는 길을 자세히 물었다. 그리고 상인
이 떠나자 바흠도 뒷일을 아내에게 맡기고 일꾼 한 사람과
함께 바시키르로 향했다. 그는 가다가 읍에 들러서 상인이
말한 대로 차 한 상자와 선물을 샀다.

그리고 약 500베르스타쯤 갔다. 일주일 만에 그는 바시
키르의 유목지에 이르렀다. 모두가 상인이 말한 그대로였
다. 사람들은 내를 낀 초원에서 양털로 만든 텐트 수레에
살고 있었다. 그들은 경작도 하지 않고, 곡식도 먹지 않았
다. 초원에는 가축과 말들이 떼를 지어 돌아다니고 있었다.

269

망아지는 수레 뒤에 매어져 있었고, 그곳에 하루 두 번씩 어미 말이 가도록 되어 있었다. 여자들은 암말의 젖을 짜서 그것을 휘저어 치즈를 만들었다. 남자들은 그저 술과 차를 마시고 양고기를 먹으며 피리나 불 따름이었다. 모두 통통하고 쾌활하며 여름에는 놀기만 했다. 그들은 러시아어를 할 줄 몰랐으나 너그럽고 친절했다.

바흠의 모습을 보자 바시키르인의 텐트 수레에서 사람들이 우르르 몰려나와 그를 에워쌌다. 바흠은 통역하는 사람을 찾아 땅을 사러 왔다고 말했다. 바시키르인은 반가워하며 바흠을 얼싸안고 제일 좋은 텐트 수레로 안내했다. 그러고는 양탄자 위에 깃털 방석을 깔아 앉게 하고, 자기들은 그 주위에 빙 둘러앉았다. 그들은 차와 술을 내오고 양고기 요리도 대접해주었다. 바흠은 여행 마차에서 선물을 꺼내 그들에게 나누어주었다. 바시키르 사람들은 무척 기뻐했다. 그리고 자기들끼리 소곤소곤하다가 통역을 시켜 이렇게 말하게 했다.

"이분들이 말하기로는 '우리는 모두 당신이 아주 마음에 들었습니다. 그래서 우리들의 관습에 따라 선물에 대한 답례를 무엇으로라도 하고 싶습니다. 당신이 우리에게 여러 가지 물건을 주셨으니 우리가 가진 것 중에서 무엇이든지 좋은 것을 드리고 싶습니다. 그렇게 아시고 말씀해주십시오.'라고 말하는군요."

"내가 바라는 것은….'

바흠이 말했다.

"당신네들의 땅입니다. 우리 고장은 땅이 좁은 데다 너무 오랫동안 경작해서 토질이 나빠졌는데 이곳은 땅이 많을 뿐더러 모두 기름지군요. 이렇게 좋은 땅을 나는 아직까지 본 적이 없습니다."

통역이 그 말을 전했다. 바시키르인들은 다시 의논을 했다. 바흠은 그들의 말을 알아들을 수는 없었으나 눈치로 미루어 아주 유쾌한 듯했다. 줄곧 떠들며 웃었기 때문이다. 그리고 통역이 말했다.

"모두 말하기를 당신의 친절에 대해 이 사람들은 필요한 만큼의 땅을 기꺼이 드리겠다는 것입니다. 그러니까 손짓으로 얼마만큼이라고 말씀하십시오. 그만큼 드리겠다니까요."

그들은 또다시 의논을 하다가 옥신각신 다투기 시작했

다. 바흠은 무엇을 다투고 있느냐고 물었다. 그러자 통역이
대답했다.

"실은 땅에 관한 문제라면 촌장에게 물어볼 필요가 있으
니 우리끼리 정해서는 안 된다는 사람도 있고, 그럴 필요가
없다는 사람도 있어서 그렇습니다."

6

바시키르 사람들이 이렇게 옥신각신하고 있는데 그때 여우 가죽 모자를 쓴 사람이 불쑥 들어왔다. 모두 입을 다물고 일어섰다. 통역이 말했다.

"이분이 바로 촌장님입니다."

바흠은 얼른 일어나 제일 좋은 옷 한 벌과 다섯 근짜리 차 상자를 촌장에게 내놓았다. 촌장은 그것을 받아 들고 맨 윗자리에 앉았다. 바시키르 사람들이 그에게 무엇인가를 이야기했다. 촌장은 고개를 한 번 끄덕여서 그들의 말을 중지시키고 바흠에게 러시아어로 말했다.

"좋습니다. 마음에 드시는 곳을 가지십시오. 땅은 얼마든지 있으니까요."

바흠은 생각했다.

'필요한 만큼 가지라고 해도 어떻게 가져야 한담? 아무튼 계약만은 단단히 해놓을 필요가 있어. 줘놓고 나중에 도로 내놓으라고 할지도 모르니까.'

"친절하신 말씀 고맙습니다."

그가 말했다.

"말씀대로 이곳엔 땅이 많습니다만, 나는 조금만 있으면 됩니다. 나는 다만 어느 만큼이 내 소유인지만 알면 됩니다. 하여간 일단 측량을 해서 그 점을 분명히 해둘 필요가 있다고 생각합니다. 사람이란 언제 죽을지 모르니까요. 당신들이 친절해서 나에게 땅을 주셨더라도 당신네 아들 대에 가서 도로 빼앗길지 모르는 일 아니겠습니까?"

"옳은 말씀이오. 규칙대로 합시다."

촌장이 말했다. 그래서 바흠도 말했다.

"들으니 이곳에 상인 한 사람이 왔었다고 하는데, 당신들은 그 사람에게 땅을 주고 문서를 작성하셨더군요. 나에게도 그렇게 해주셨으면 좋겠습니다."

촌장은 승낙했다.

"그런 것쯤이야 어렵지 않지요."

그는 말했다.

"우리 고장에도 서기가 있으니 함께 읍으로 나가서 정식
수속을 밟읍시다."

"한데, 값은 어느 정도로 하면 될까요?"

바흠이 말했다.

"우리 고장에서는 값이 균일합니다. 하루치에 1,000루블
이오."

바흠은 납득이 가지 않았다.

"그렇다면, 하루치란 어떤 방법으로 재는 건가요? 그게
몇 데샤티나 정도 되는 겁니까?"

"우리 고장에서는 그런 식으로 측량할 줄은 모릅니다."

촌장은 말했다.

"항상 하루치에 얼마로 팔고 있지요. 말하자면 그 사람이
하루 종일 걸은 만큼의 땅을 드리는 거지요. 그래서 하루치
가 1,000루블이라는 겁니다."

바흠은 놀랐다.

"하루 종일 걸으면 상당한 면적이 되겠는데요."

촌장은 웃으며 말했다.

"네, 그게 모두 당신 것이 됩니다. 다만 한 가지 조건이 있습니다. 만약 하루 안에 출발점까지 돌아오지 못하면, 그건 무효가 됩니다."

"그렇다면 내가 돌아다닌 곳을 어떻게 표시하지요?"

"우리는 어디든 당신이 원하는 곳으로 함께 걸어갑니다. 그리고 거기 서 있을 테니 당신은 그곳을 출발해서 빙 돌아오시면 됩니다. 그때 당신은 괭이를 들고 가서 어디든지 필요한 곳에 표시를 해두십시오. 즉 조그맣게 구덩이를 파서 그 속에 나무나 풀을 꽂아주십시오.

나중에 각 구덩이들을 잇는 선을 쟁기로 갈아엎으면 될 테니까요. 어떻게 돌든 상관없지만, 꼭 해가 떨어지기 전에 출발점까지 돌아오셔야만 합니다. 그러면 당신이 돌아오신 땅은 모두 당신 것이 됩니다."

바흠은 기뻤다. 그들은 아침 일찍 출발하기로 약속했다. 그리고 나서는 이야기를 하며 술도 마시고 양고기도 먹고 차도 마시며 밤이 이슥해지도록 즐겼다. 이윽고 그들은 바흠에게 깃털 이불을 주고 각자 자기 텐트 수레로 돌아갔다.

7

바흠은 깃털 이불을 덮고 누웠으나 통 잠을 이룰 수가 없었다. 줄곧 어떻게 해서든지 넓은 땅을 차지할 궁리만 하고 있었다.

'하루 종일 걷는 것이 50베르스타라고 하면 면적이 어느 정도나 될까? 그중에서 나쁜 곳은 팔든가 빌려주면 된다. 쟁기를 끌 암소 두 필에, 머슴 두 사람을 고용하여 50데샤티나 정도만 경작하고 나머지 땅에서는 목축을 하자.'

바흠은 이런 생각을 하면서 뜬눈으로 밤을 지새웠다. 그러다가 새벽녘에야 겨우 잠이 들었다. 그는 눈을 감자마자 꿈을 꾸었다. 꿈속에서 그는 자신이 자고 있는 텐트 수레 속에 누워서 귀를 기울이고 있는 참이었다. 밖에서 누군가가 소리 내어 웃고 있었다. 그는 누가 웃고 있는지 알고 싶었다. 그래서 밖으로 나가보니 바시키르의 촌장이 텐트 수레 앞에 앉아 두 손으로 배를 안고 몸을 흔들며 웃어대고 있었다. 그는 촌장 곁으로 가서 물어보았다.

"왜 그렇게 웃고 계십니까?"

하지만 다시 보니 그는 바시키르의 촌장이 아니고, 그를 이곳으로 오게 한 상인이었다. 그래서 가까이 가서 "언제 이곳으로 왔소?" 하고 물으려 하자 어느새 그는 전에 볼가 강 너머에서 왔던 그 농부로 변했다. 그런데 자세히 보니 그건 농부도 아니고 뿔과 발톱이 있는 악마의 모습이었다. 그리고 그 앞에는 내의 바람에 맨발인 한 남자가 쓰러져 있었다. 바흠은 가까이 가서 찬찬히 살펴보았다. 그런데 그 남자는 이미 죽었고, 그는 바로 자기 자신이었다. 바흠은 깜짝 놀라 눈을 번쩍 떴다.

"뭐야, 꿈이었군!"

바흠은 주위를 두리번거리다가 열린 문 쪽을 보니 밖은

이미 동이 터 오고 있었다. 그는 떠날 시간이 되었으니 모두 깨워야겠다고 생각했다. 그는 곧 일어나 여행 마차에서 자고 있는 하인을 깨워 말을 매게 하고 바시키르인들을 깨우러 갔다.

"시간이 되었습니다. 초원에 나가 땅을 측량해야지요."

바시키르인들도 일어나서 모두 모였다. 잠시 후 촌장이 왔다. 바시키르인들은 우유로 만든 술을 마시기 시작했다. 바흠에게도 차를 대접했으나 그는 사양했다.

"어서 출발합시다. 시간이 다 되었으니까요."

8

바시키르인들은 준비를 끝낸 후 어떤 사람은 말을 타고 어떤 사람은 마차를 타고 출발했다. 바흠은 하인과 함께 자기 마차를 탔다. 초원에 이르니 날이 훤하게 밝았다. 바시키르어로 시항이라는 이름을 가진 언덕에 도착하자, 그들은 마차에서 내려 한데 모였다. 잠시 후 촌장이 왔다. 촌장이 바흠 곁으로 와서 한 손을 들어 앞을 가리키며 말했다.

"보시다시피 이 넓은 땅이 모두 우리의 땅입니다. 마음에 드시는 곳을 택하십시오."

바흠의 눈이 이글이글 타올랐다. 눈앞에 아득히 펼쳐진

땅은 억새풀 초원으로 손바닥처럼 평평하고 양귀비처럼 검었으며, 조금 패인 곳에는 여러 가지 잡초가 사람 키만큼이나 자라 있었다. 촌장은 여우 가죽 모자를 벗어서 그것을 땅에 놓았다.

"그러면 이곳을 출발점으로 하지요. 자, 여기서 출발해주십시오. 그리고 이곳으로 돌아오십시오. 돌아서 오신 만큼 당신의 땅이 됩니다."

바흄은 돈을 꺼내어 모자 속에다 집어넣고, 겉옷을 벗고 조끼 바람이 되자 가죽 띠를 단단히 매고, 빵 주머니를 품속에 넣고 물병도 가죽 띠에 매달았다. 그러고는 장화를 단단히 신고 하인이 들고 있던 괭이를 받아 든 다음 출발 준비를 했다. 그는 어느 쪽으로 나갈까 잠시 생각했다. 어디를 보아도 훌륭한 땅이었기 때문이다. 생각 끝에 그는 해가 돋는 쪽을 향해 가기로 했다. 이리하여 그는 동쪽을 향해 서서 제자리걸음을 하며 하늘 저쪽에서 해가 떠오르기를 기다렸다.

'1분도 허비해서는 안 되지. 조금이라도 시원할 동안에 걷는 것이 편할 거야.'

하늘 끝에서 해가 얼굴을 내밀기가 무섭게 바흠은 괭이를 어깨에 메고 초원을 향해 걷기 시작했다. 바흠은 느리지도 빠르지도 않게 걸었다. 1베르스타쯤 가다가 걸음을 멈추고 구덩이를 파서 눈에 잘 띄도록 잔디를 여러 덩이 묻어놓았다. 그리고 또 걸어갔다. 걷기 시작하니 걸음이 절로 빨라졌다.

바흠은 뒤를 돌아보았다. 햇빛을 받은 언덕은 물론 그 위의 사람들까지 선명하게 보였으며 여행 마차의 쇠바퀴가 눈부시게 반짝이고 있었다. 바흠은 이제 5베르스타쯤 걸었을 거라고 생각했다. 차차 더워져서 조끼를 벗어 어깨에 걸치고 걸었다. 점점 더워졌다. 해를 보니 벌써 아침 시간이었다.

'이제 한 구덩이가 끝난 셈이구나. 한데 하루에 네 구덩이를 파게 되어 있으니 아직 방향을 꺾기에는 이르겠지. 그리고 장화는 벗기로 하자.'

그는 앉아서 장화를 벗은 후 띠에다 차고 또다시 걷기 시작했다. 그러다가 생각했다.

'여기서 5베르스타만 더 걷자. 그리고 왼쪽으로 구부러

지기로 하자. 땅이 너무 좋아서 단념하기가 아까운걸. 가면 갈수록 더 좋으니.'

그는 계속 곧바로 걸어갔다. 뒤를 돌아보니 언덕은 이미 아득히 멀어져 사람들은 개미처럼 아물아물했고, 무엇인가 반짝거리는 것도 겨우 짐작할 수 있을 정도였다.

'이만하면 이쪽은 충분히 잡았다. 이제는 방향을 꺾어야 겠다. 땀을 흘렸더니 목이 타는군.'

그는 이렇게 생각하고 멈추어 서서 되도록 큼직하게 구 덩이를 파고 거기에 잔디를 묻었다. 그러고는 물통을 집어 들고 물을 듬뿍 마신 다음 거기서 곧바로 왼쪽으로 꺾었다. 또다시 걷기 시작했는데 갈수록 풀의 키가 높아져 몹시 더 웠다. 바흠은 피로를 느끼기 시작했다. 하늘을 쳐다보니 바 로 한낮이었다.

'자아, 이쯤에서 한숨 돌리자.'

바흠은 걸음을 멈추고 앉았다. 물을 마셔가며 빵을 먹었 을 뿐 눈을 감지는 않았다. 또 걷기 시작했는데, 처음에는 수월하게 걸을 수 있었다. 금방 빵을 먹었기 때문에 기운이 났던 것이다. 그러나 더위는 점점 심해지고 졸음이 쏟아졌다. 그래도 그는 꾹 참고 걸으며 한 시간의 인내가 일생의 득이 되는 것이라고 생각했다. 그는 한 번 방향을 꺾고도 상당히 멀리 걸었다. 그래서 다시 왼쪽으로 꺾으려는데 가까이에 촉촉한 분지가 있었다.

'이걸 그대로 버리기엔 아까운데, 저기라면 아마 잘될 거야.'

그리하여 다시 곧장 걸었다. 분지를 차지하고 나자 그 너머에 구덩이를 파고 두 번째 모퉁이를 만들었다. 바흠은 언덕 쪽을 돌아보았다. 더위 때문에 모든 것이 아물아물한 대기 속에서 언덕 위의 사람들도 아련하게 보였다.

'자아, 두 쪽은 이렇게 길게 잡았으니 이번에는 좀 짧게 잡아야겠는걸.'

세 번째 모퉁이로 접어들자 그는 걸음을 빨리 했다. 해를 보니 이미 오후도 한나절이 지나 있었다. 그런데 세 번째 모퉁이에서는 겨우 2베르스타밖에 못 왔고 출발 지점까지는 족히 15베르스타는 남아 있었다.

'안 되겠다. 비록 수풀은 구부러졌지만, 이젠 돌아가야겠다. 더 이상 탐내지 말고 서둘러야겠어, 땅은 충분해.'

바흠은 급히 구덩이를 파고는 거기서 곧장 언덕 쪽을 향했다.

9

바흠은 언덕 쪽을 향해 걸었으나 서서히 괴로워지기 시작했다. 몸은 땀투성이에, 구두를 벗은 발은 찢기고 베어져 상처투성이가 되어 제대로 걸을 수가 없었다. 쉬고 싶었지만 그럴 수도 없었다. 해가 지기 전에 도착할 수 없을 것 같았기 때문이다. 해는 사정없이 넘어갔다.

'아아, 실패한 게 아닌지 모르겠어. 너무 욕심을 낸 게 아닐까? 만약 늦으면 어떡한담.'

그는 언덕과 해를 번갈아 쳐다보았다. 출발점까지는 아직도 멀었는데 해는 막 지려 하고 있었다. 바흠은 걸음을 재촉했다. 그는 몹시 괴로웠으나 쉴 새 없이 걸었다. 그러나 가도 가도 출발점은 멀었다. 마침내 그는 뛰기 시작했다. 조끼도 장화도 물통도 모자도 내팽개치고, 괭이만 들고 그것을 지팡이 삼아 뛰었다.

"아아, 내가 욕심이 지나쳤어. 이제 다 끝났다. 해가 떨어지기 전에 도착하지 못할 것 같아."

그는 두려운 생각으로 숨이 막혀 왔다. 바흠은 무작정 달렸다. 땀에 젖은 내의는 몸에 찰싹 달라붙고, 입은 바싹 말라버렸다. 가슴은 대장간 풀무처럼 펄럭거렸고, 심장은 망치질하듯이 뚝딱거렸다. 다리는 남의 다리처럼 휘청거렸다. 이러다가 죽는 것은 아닐까 하는 두려운 생각마저 들었다. 죽는 것은 무섭지만, 그렇다고 멈춰 설 수는 없었다.

'이렇게 고생스럽게 뛰어왔는데, 여기까지 와서 그만둔다면 바보 소리를 듣겠지.'

그가 달리고 달려서 겨우 언덕 가까이까지 왔을 때 바사키르 사람들이 그를 향해 질러대는 날카로운 고함 소리가 들려왔다. 이 외침 소리 때문에 그의 심장은 한층 더 열이 올랐다. 바흠은 최선을 다해 달렸는데, 해는 이미 지평선 가까이 저녁놀 속으로 떨어져 새빨간 큰 공처럼 보였다. 드디어 넘어가는 것이었다. 해는 점점 떨어지고 있었다. 출발점까지도 얼마 남지 않았다. 바흠은 언덕 위에 서 있는 사람들, 그를 향해 손을 흔들며 재촉하고 있는 사람들을 보았다. 땅 위에 놓인 여우가죽 모자 속의 돈도 보였다. 촌장은 땅바닥에 앉아 두 손으로 배를 움켜잡고 있었다. 그러자 바흠은 꿈 생각이 났다.

'땅을 많이 차지했지만, 하느님이 거기서 살게 해주실까? 아아, 나는 나를 망쳤다! 도저히 달려갈 수가 없어.'

바흠은 해를 보았다. 그것은 이미 땅에 닿아 있어서 한쪽 끝은 가라앉고 다른 쪽 끝은 아치형으로 되어 있었다. 바흠은 마지막 힘을 쥐어짜서 몸을 앞으로 기울이고 발을 끌며 겨우 몸을 지탱했다. 그래도 바흠은 가까스로 언덕 밑까지 이르렀다. 갑자기 주위가 어두워졌다. 서쪽을 보니 해가 지고 말았다. 바흠은 깜짝 놀랐다.

'아, 내 고생도 허사가 되었구나.'

이렇게 생각한 바흠은 발을 멈추려고 했는데 바시키르인들이 쉴 새 없이 고함을 질러대고 있었다. 그러자 퍼뜩 언덕 밑에 있는 그에게는 해가 진 것처럼 보이지만, 언덕 위에서는 아직 지지 않았는지도 모른다는 생각이 들었다. 바흠은 용기를 내어 언덕으로 달려 올라갔다. 언덕 위는 아직 밝았다. 바흠은 올라가자마자 모자를 보았다. 모자 앞에는 촌장이 앉아서 두 손으로 배를 잡고 불길하게 큰 소리로 웃어대고 있었다. 바흠은 꿈 생각이 나서 깜짝 놀랐다. 그는 다리가 떨어지지 않아 그만 쓰러지고 말았다. 하지만 쓰러지면서도 두 손으로 촌장의 모자를 움켜쥐었다.

"장하구려! 진짜 좋은 땅을 차지했습니다."

촌장이 소리쳤다. 바흠의 머슴이 달려가 그를 일으키려고 했으나 그의 입에서 피가 쏟아져 나왔다. 바흠은 그렇게 쓰러져 죽고 말았던 것이다. 하인은 괭이를 집어 들고 바흠의 무덤으로, 머리에서 발끝까지의 치수대로 정확하게 3아르신(1아르신은 약 70센티미터)을 팠다. 그것이 그가 차지할 수 있었던 땅의 전부였다.

작품 해설

　「사람은 무엇으로 사는가」는 1881년 저술된 톨스토이의 단편소설로 기독교 신앙이 돋보이는 종교문학이다. 이 작품은 톨스토이가 1885년 출판한 단편소설집 『사람은 무엇으로 사는가와 다른 이야기들』에 담겨 발간되었다. 이 단편소설집에는 「세 가지 질문」, 「수라트의 커피하우스」, 「사람에게는 얼마만큼의 땅이 필요한가?」가 같이 들어 있었다. 하지만 현대에 와서는 처음 출간될 때와는 달리 톨스토이의 다른 단편들을 수록하여 출판되는데, 본서에서는 「사랑이 있는 곳에 신이 있다」, 「두 노인」, 「촛불」, 「바보 이반」, 「사람에게는 얼마만큼의 땅이 필요한가?」가 수록되어 있다.

이 책에 실린 톨스토이의 단편소설들은 종교에서 주는 교훈에 기초하여 사람이 어떻게 살아야 하는지에 대한 원초적인 질문에 답을 주고 있다. 「사람은 무엇으로 사는가」는 구두장인인 세몬이 하느님에게 벌을 받고 세상에 남겨진 천사 미하일을 돌보게 되면서 이야기가 시작된다. 당시에 그리스도의 가르침을 실천하고자 한 톨스토이의 러시아 정교회 신앙이 담긴 작품이다. 작품 속 주인공인 세몬을 통해 낯선 이에게 베푸는 선행이 가져오는 복이란 무엇인가를 보여주었으며 또한 미하일이 교회 앞에서 얼어 죽을 뻔했다는 설정을 통해 민중들과 멀어진 당시 기독교에 대한 비판의식도 보여주었다.

이러한 주제로 접근한 유사한 소설로는 「두 노인」이 있는데, 성지 순례를 떠난 두 노인의 각기 다른 행동을 통하여 진정으로 하느님이 좋아하는 행위란 타인에게 베푸는 선행이고 각자 마음먹기에 따라 삶이 달라질 수 있다는 것을 알려준다.

톨스토이는 농촌에서 태어났으며 농촌 계몽 활동에 매

우 관심이 많았던 사람이었다. 그래서 농부로서, 인간으로서 가져야 하는 덕목에 대해서도 저술을 하였는데, 「사람에게는 얼마만큼의 땅이 필요한가?」와 「바보 이반」에서 인간이 욕심을 부리면 어떻게 되는지를 우화로써 보여준다. 특히 「바보 이반」은 러시아의 민간동화 〈바보 이반〉을 재구성해서 만든 작품이다. 주인공 이반의 우직한 행동을 통해 근면성실하고 선한 마음으로 살아야 한다고 강조한다.

그러나 소설 속에서 보여주는 이상적인 삶과는 다르게 톨스토이는 말년에 위선자라는 평까지 들으며 내면의 고통을 받았다. 그는 1828년 러시아의 야스나야 폴랴나에서 태어나 카잔대학교를 중퇴하고 고향에 돌아와 농촌 계몽 활동을 하다가 실패하고 군에 입대했다. 「유년시절」을 시작으로 《현대인》이라는 잡지를 통해 「소년시절」, 「청년시절」, 「카자크 사람들」을 발표했다. 톨스토이의 자전적인 색채가 짙은 이 소설들은 인간의 의식이 어떻게 성장하는지를 잘 담아내고 있다.

1862년에 소피아 안드레예프와 결혼한 톨스토이는 이때부터 아내와의 마찰이 잦았고, 사회적으로 갈등을 느꼈다.

그래서 변화를 바라는 마음으로 점점 종교에 몰두하였으며 작품 또한 종교적으로 바뀌기 시작했다. 그가 추구하는 예술의 목표도 종교적인 과정으로 생각하게 되었다. 이후 투르게네프, 곤자로프 등 동인들과 친교를 맺으면서 1869년에 『전쟁과 평화』를 발표하였고, 1875년에서 1877년에 걸쳐 『안나 카레니나』를 발표하였으며, 1898년에서 이듬해까지는 그의 노년을 장식하는 대표작이라고 말할 수 있는 『부활』을 발표했다. 그러는 동안 단편소설 및 민중 소설도 썼으며 종교론, 예술론, 인생론, 희곡 등 이루 헤아릴 수 없는 방대한 저서들을 남겼다.

톨스토이가 『안나 카레니나』를 탈고했을 때, 그에게 정신적인 위기가 닥쳐왔다. 재산과 많은 책의 저작권 문제로 아내 소피아와의 불화가 점점 더 심해되어 갔으며 이 문제로 인해 두 사람 사이에는 분쟁이 끊이질 않았다. 세속적인 삶과 다르게 종교적이고 선행을 베푸는 삶을 강조한 작품을 적었던 그의 다른 행보 때문에 사람들은 위선자라고 평을 하기도 했다. 1890년에 발표한 「빛은 어둠 속에서 빛난다」에는 그의 그러한 내면의 번민이 선명하게 부각되어 있다.

그는 이러한 가정생활의 모순을 해결하기 위해 몇 번의 가출을 생각했는데, 1910년 드디어 큰딸과 주치의를 데리고 가출을 결행하기에 이른다. 하지만 그는 그 해에 병을 얻어 현재 톨스토이 역이 되어 있는 아스타포보이 역에 내려 역장의 집에서 머물다 82세의 일기로 사망한다.

초년에 집필을 시작하면서부터 말년에 이르기까지 자신의 번민과 끊임없이 투쟁하며 많은 명저를 저술한 톨스토이는 백년이 지난 지금까지 우리에게 인간이란 무엇인가를 알려주는 화두를 제시한다. 그렇기 때문에 이 책에 담긴 단편소설 또한 우리들이 어떻게 살아가야 하는지 한번쯤 되짚어볼 만한 교훈을 담고 있다.

작가 연보

1903년 1828년 8월 28일(신력 9월 9일) 러시아 야스나야
　　　　폴랴나에서 톨스토이 백작의 넷째 아들로 출생.
1830년 어머니가 딸 마리야 니콜라예브나를 낳다가 다
　　　　섯 자녀를 남겨놓고 죽음.
1836년 푸쉬킨의 시 「바다에」 및 「나폴레옹」을 낭독하여
　　　　부친을 놀라게 함.
1837년 아버지가 뇌일혈로 죽음. 고아가 된 다섯 남매는
　　　　큰 고모에서 맡겨짐.
1841년 큰 고모의 죽음으로 작은 고모 카자니의 집으로

이사함.

1844년 카잔 대학교의 문과 대학 아랍 터키어과로 입학.
첫 학년 시험에 떨어짐.

1845년 법과 대학으로 옮김. 이때를 전후하여 루소의 저
술을 읽음. 철학적 명상에 잠김.

1847년 카잔 대학교 중퇴. 야스나야 폴랴나로 돌아와 농
사관리, 농민생활의 개선 등에 힘썼으나 실패.

1851년 맏형을 따라 카프카즈로 떠남. 5월 스타로그라도
프스크의 카자크 촌에 도착. 육군 사관후보생으
로 합격하여 제20여단 제4포병중대에 근무.

1852년 장편 『유년시절』이 페테스부르크의 《현대인》
9월호에 발표됨.

1853년 《현대인》 3월호에 『습격』 발표. 단편 「크리스마
스 밤」, 「일명 사랑은 어떻게 망하는가」, 「숲을 치
다」, 「당구 기록원의 수기」 작성. 10월에 크리미
아 전쟁이 시작됨.

1854년 장교로 승진. 「소년시절」 집필 시작.

1855년 《현대인》 1월호에 『당구 기록원의 수기』 발표.

《현대인》6월호에 『1854년 12월의 세바스토폴』을 발표. 《현대인》9월호에 『숲을 치다』 발표. 11월에 전장에서 페테스부르크로 옴. 투르게네프, 네크라소프, 곤차로프, 쥬트체프, 체르노이쉐프스키, 살티코프, 쉬체드린, 오스트로프스키 등 《현대인》동인들과 교제를 했으나 투르게네프와는 불화.

1856년 《현대인》1월호에 『1855년 3월의 세바스토폴리』를 발표. 『눈보라』, 『두 경기병』, 『지주의 아침』 완성.

1862년 「국민교육론」, 「읽기와 쓰기를 어떻게 가르칠 것인가」, 「훈육과 교육」, 「누가 누구에게서 쓰기를 배워야 할 것인가」 등의 여러 논문들을 발표. 9월에 모스크바의 의사 베르스의 둘째딸 소피아 안드레예프와 결혼.

1865년 「전쟁과 평화」의 첫 부분(1-26장)을 《러시아 통보》에 발표.

1866년 「전쟁과 평화」 두 번째 부분 발표.

1867년 『전쟁과 평화』가 처음으로 단행본이 되어 나옴(3권).

1869년 『전쟁과 평화』 전 4권이 완성됨.

1877년 『안나 카레니나』 완성.

1881년 「사람은 무엇으로 사는가」 작성.

1882년 「참회」를 완성했으나 발행 금지 당함.

1885년 「사랑이 있는 곳에 신도 있다」, 「촛불」, 「두 노인」, 「바보 이반」, 「작은 악마는 어떻게 빵조각을 보상하였는가」를 집필. 단편모음집으로 『사람은 무엇으로 사는가와 다른 이야기들』을 발간.

1886년 『이반 일리치의 죽음』 출판. 「사람에게는 얼마만큼의 땅이 필요한가?」 집필.

1887년 『인생론』을 발간했으나 발행 금지 당함.

1889년 「크로이체르 소나타」, 「악마」, 「손의 노동과 지적 노동」 등을 씀.

1890년 「빛은 어둠 속에서 빛난다」 발표.

1893년 「기독교와 애국심」, 「태형 반대론」, 「노동자 여러분에게」, 「부끄러워하라」 등을 씀.

1895년 「주인과 하인」 탈고. 「세 우화」 등을 씀.

1899년 『부활』 발표.

1909년 『세상에 죄인은 없다』, 『사형과 기독교』, 『유랑자와의 대화』, 『유일한 장막』 발행.

1910년 10월 28일 아내에게 마지막 글을 써 놓고 가출. 도중에 사형을 논한 「효과 있는 수단」 집필. 10월 31일 여행 도중 병이 위중해져 랴자니 우랄선 중간의 시골역 아스타포보이에서 내림. 11월 3일 일기에 마지막 감상을 적음. 11월 7일 (신력 11월 20일) 역장 집에서 눈을 감음. 11월 9일 야스나야 폴랴나에 묻힘.